Lukas Geiger
Kurzgeschichten
aus dem Kinderzimmer

© 2019 Lukas Geiger

ISBN: 978-3-7412-2845-2

Herstellung und Verlag: BoD – Books on Demand, Norderstedt

DAS GROßE ERWACHEN	1
CIRCLE OF LIFE	14
KEINE PAUSE FÜR DIETER K.	24
ERSTER KUSS	30
VOM MÄDCHEN UND DEM SCHLÜSSELLOCH	34
INTERVIEW MIT EINEM GOTT	46
FELSENMANN	50
LEERE BATTERIEN	53
WENN DIE STERNE FALLEN	58
TELEFONTERROR	69
VERSÖHNUNG	79

Das große Erwachen

»Ich weiß nicht, ob Mama recht hatte, oder ob Leutnant Dan recht hatte. Ich weiß nicht, ob jeder von uns sein Schicksal hat, oder nur zufällig dahintreibt wie ein Blatt im Wind. Aber ich denke, es stimmt vielleicht beides. Vielleicht passiert ja beides zur selben Zeit. Du fehlst mir so, Jenny!« (Forrest Gump).

Ich kann Dinge sprechen hören. Natürlich haben sie keine reale Stimme, wie Menschen, die normal mit mir sprechen, eine haben. Das sind keine Frequenzen und es spielt sich auch nicht in meinem Kopf ab. Ich meine, das Ganze ist sowieso kompliziert und müsste wahrscheinlich ganz anders erzählt werden. Aber wer sollte die Geschichte anders erzählen, wenn sie kein anderer kennt? Und wenn nur ich sie erzählen kann, dann bleibt es zumindest fraglich, ob ich sie jetzt, in diesem Moment, anders erzählen könnte oder – für euch Lesende – anders erzählt haben könnte. Deshalb tue ich nun meine Pflicht und erzähle die Geschichte, von dort, wo ich meine, dass sie beginnen müsste.
Die Geschichte beginnt in einem Zimmer: Genauer gesagt meinem Zimmer. Ich lag in meinem Zimmer auf meinem Bett. Neben mir wachte die mehr oder

weniger selbstgebaute Alarmanlage über meine größten Schätze. Sie arbeitete mit ferngesteuertem Infrarot und Batterien und wenn sich irgendwas bewegte, gab sie einen ohrenbetäubenden Krach von sich. Sie hatte die Form einer Scheibe, einer flachen Erde. Wenn ich so überlege: Ja, das passt gut, war sie es doch, die meine ganze Welt – zugegebenermaßen kleine Welt – beschützte. Sie sah wie ein runder Feuermelder aus, nur war sie breiter und auf Feuer reagierte sie nicht. Ich hatte die Alarmanlage auf einen ebenfalls runden kleinen Abstelltisch gesetzt und meine Schätze direkt auf sie gelegt. Dann hatte ich noch zur hermetischen Perfektion eine Glaskuppe darübergestülpt und die Alarmanlage aktiviert. Solchermaßen konstruiert, konnte man nun um den Tisch herumgehen, ohne, dass sofort der Alarm losschrillte. Aber wollte man die Glaskuppe entfernen, die eigentlich keine war und nur von einem spielenden Kind für eine solche gehalten werden konnte – genaugenommen handelte sich es nämlich um die glasige Lieblings-Salatschüssel meiner Mutter, die ich vor Monaten direkt vom Küchentisch gestohlen hatte, bevor ich mich des sich darin befindlichen Salates entledigte, der schon für das gemeinsame Mahl gezupft und geputzt bereitgestanden hatte. Dieses Verbrechen blieb für immer ungesühnt. Wir waren viele Kinder und damit viele potentiell Schuldige.

Dankbar darüber dem Salat entkommen zu sein, wurde ich dieses Mal bereitwillig von meinen Geschwistern gedeckt. Doch darauf konnte man natürlich nicht immer hoffen. Klar war auch, zunächst würde die Glasschüssel verschwinden müssen. Diebesgut in meinem Zimmer wäre ein eindeutiges Schuldeingeständnis gewesen. Mittlerweile waren Gras, eine neue Schüssel und Berge neuen Salates über die Sache gewachsen. Im Fall der Fälle hätte ich nun behaupten können, die Schüssel gefunden zu haben, wahlweise im Zimmer des gerade bei mir unbeliebtesten Geschwisterleins. Die Glasschüssel, Sie ahnen es, fand nie den Weg zurück zu Mutter. Doch heute bin ich mir sicher, dass Mutter ihre Lieblingsschüssel nicht so schnell vergessen hatte, wie ich das zu glauben bereit gewesen war. Nein, als sie die Schüssel bei mir fand, da war ihr Ärger längst verflogen und mich liebte sie nun mal mehr als ihre Lieblingsschüssel. So ging die Schüssel stillschweigend in meinen Besitz über. Aus Diebesgut wurde Eigentum, wie es sich schon von Anbeginn der Zeit bei den ersten Menschen verhielt, und sei es, dass diese sich freimütig bei der Natur bedienten. Die, nennen wir es also Glaskuppe, war über meine scharf gemachte Alarmanlage gestülpt. Wollte man sie nun entfernen, oder gar einen der Schätze, die genau auf dem Sensor lagen, war die Hölle im Kinderzimmer los.

Ich lag also in meinem Bett und grübelte so über vieles nach. Ich war allein, aber nicht einsam und meine größten Schätze – und damit ich –waren bewacht von einer höheren Macht, einer in Technik gebannten Sicherheit, die sogar TÜV geprüft war, und die ich für zwanzig Deutsche Mark Taschengeld bei ALDI erworben hatte. Eltern, diese komischen Geschöpfe, hatten den Kauf für überflüssig erachtet. Was hatte ein so kleines Kind denn schon Wertvolles, was es zu bewachen galt?

Ich hatte mindestens Würde und dazu noch meine Geschwister. Und vor Geschwistern konnte eine Alarmanlage ganz sicher schützen, wie ich glaubte. Natürlich war es auch ein Abenteuerspiel. Ein Identifikationsfixpunkt. Oder wie andere sagen: Vorbereitung auf das Arbeitsleben. Als Kinder sind wir Schauspieler, Ärzte, Tierpfleger, Apotheker, Verkäufer, oder wie ich in diesem Fall Museumswärter. Wir lernen unsere Rollen zu spielen und noch bezahlt uns keiner dafür, wenn wir es gut machen. Aber wir brauchen auch noch keine Angst haben, es schlecht oder falsch zu machen. Noch droht uns keiner damit unsere Rolle im Stück zu verlieren. Es ist und bleibt ein Spiel! Wir konnten die Berufe noch wechseln wie Kleidungsstücke und wir konnten alles ausprobieren und simulieren, was in uns bereit war nach draußen zu dringen, freilich mit Konsequenzen, aber mit nur solchen von ebenfalls gespielter Natur. Dieses Spiel endet irgendwann und zwar da, wo die Angst vor unseren Fehlern beginnt.

Ich lag also in meinem Bett und ich bin mir ziemlich sicher, dass ich gerade über so etwas in der Art grübelte. Es war kein trauriges Grübeln, sondern es war dieses Gedanken schweifen lassen, bei dem man die Gedanken einfach frei lässt und nicht weiß in welche Richtung sie gehen. Das merkte man auch daran, dass ich dabei in der Nase bohrte und genüsslich popelte. Nun, ich war ein Kind und es war niemand anderes im Zimmer. Ich war allein. Und ich weiß, dass die meisten Erwachsenen auch noch heute popeln, wenn niemand hinsieht.

Zu dieser Zeit begann ich, meine Popel an der Wand abzuschmieren. Vielleicht war es Bequemlichkeit? Vielleicht war es auch nur mangelndes Problembewusstsein. Ich tat es. Und es störte mich nicht weiter. Bis es mich dann eines Tages doch störte. Dieses Popeln ist es deshalb wert erzählt zu werden, weil es zunächst einmal mein Popeln ist und weil es zusammenfällt mit dieser neuen Zeit in meinem Leben, die ich das *große Erwachen* nenne. Davor war ich glücklich, lebte so als Kind – was Anderes blieb mir auch nicht übrig – vor mich hin. Probleme gab es, doch sie waren kurz. Wohingegen, wenn man Erwachsen wird, die Probleme weniger werden, aber dafür – wie bei Pinocchio die Nase – länger. Sie dauern dann an. Ich dagegen konnte also noch einfach ins Bett steigen und am nächsten Morgen war die Festplatte gelöscht und mein Betriebssystem neu installiert.

Bis das große Erwachen kam. Denn plötzlich begann ich darüber nachzudenken, wie ich diese Popel wieder loswürde, wie ich sie von der Wand bekäme, diese Ekelpfropfen! Ich machte mir Sorgen über das Morgen und über diese Kunstwerke an der Wand. Und davor waren sie auch nur das für mich gewesen: Kunstwerke. Statt irgendwelchen leuchtenden Plastiksternen, hatte ich eben Popel an der Wand, die angetrocknet auch für Erwachsene nur noch halb so eklig waren als im flüssigen Zustand, und, die mich, anstatt nachts zu leuchten, beim Darüber-Streichen haptisch hypnotisierten, sodass ich schnell einschlief, oder in tiefe Phantasie versank. Die Wand hatte vorher schon Erhebungen gehabt. Bis heute weiß ich nicht wie das heißt. Die natürliche Wand hatte kleine weiße Krümel als Belag. Und so war es für mich besonders schön über die Wand zu streichen mit meinen kleinen Adams-Händen und den Unterschied zu spüren, zwischen den naturgegebenen Erhebungen, die klein waren und einzeln kaum zu erspüren – erst in der Masse piekten sie – und den von mir Erschaffenen. Die Wand war Wildnis, Natur, Urwald, denn sie war schon lange vor mir da gewesen und die Popel, das war das was mich von der Natur unterschied. Erwachsene hängen Bilder auf und ich tat dasselbe mit Popeln. Bilder schaut man mit den Augen an, Popel kann man nur mit den Händen begreifen. Ich mochte einfach den Unterschied und ich mochte die Formen, die diese an die Wand geklatschten menschlichen Überreste annahmen. Manche waren klein und fast perfekt rund und andere hatten Ausläufer. Es gab auch welche, die hatte ich übereinander geschmiert und es gab dann unter diesen wieder welche, lassen Sie mich ehrlich sein, die waren in so vielen Popelschichten übereinander betoniert, dass es unmöglich schien, dass sie im Kern jemals trocknen würden.

Und anders als in echten Museen war meine Kunst dynamisch. Sie hing zwar schon dort an der Wand, aber war nicht fertig. Gegen Popel, die mir beim Anfassen nicht gefielen, wurde ich handgreiflich. Ich kratzte sie ab und verlegte sie neu bis sie meinen Fingern ausreichenden Halt gaben.

Das Große Erwachen, war jetzt einfach die berechtigte Sorge darüber, dass andere meine Popel nicht toll finden würden. Aber besonders schlau war ich wohl schon damals nicht. Denn Lösungen für Probleme, die ich zu kompliziert fand, beschränkten sich für mich darauf, Dinge zu beichten: Man stellt was Blödes an, dann beichtet man es und irgendwer löst dann das Problem für einen.

Die Angst, die da also in mir anfing zu keimen, war eine Gewissenangst vermengt mit Scham. Sie erinnern sich wahrscheinlich alle an die Geschichte mit Adam und Eva und dem Paradies und wie sie da rausfliegen. Bei denen war es ganz genauso. Nachdem sie die Frucht gegessen hatten, da schämten sie sich bitterlich, dass sie nackt waren. Und meine Früchte, das waren die Popel und ich begann mich ihrer zu schämen. Genau wie Früchte kann man Popel schon essen, sie sind meist nur nicht so süß wie Früchte. Warum essen wir Popel eigentlich, oder nicht? Meiner Überzeugung nach ist das genetisch bedingt. Der Körper muss sich mit Krankheitserregern, die sich im Nasen-Filter-Popel à la Auspuffrohr gesammelt haben, konfrontieren und mit dem Mund kann er das am besten tun. Vielleicht ist es auch einfach nur, weil wir gerade Hunger haben und keine Früchte zur Hand? Also schlecht schmecken meine eigenen Popel ja nicht und andere habe ich nie probiert. Sie schmecken salzig. Vielleicht war Salz einmal viel wertvoller als heute. Als es noch keine Supermärkte gab. Vielleicht sollte Salz deshalb am besten im Körper bleiben. Und vielleicht hat eben nicht jeder eine Wand zum Beschmieren und es bleibt einem in einem solchen Fall nicht viel anderes übrig als sie zu essen. Aber vielleicht gab es auch einfach noch keine Taschentücher als dieses Verhalten erfunden wurde? Vielleicht weiß es einfach keiner? Aber eins ist Ihnen schon klar: Wenn Gott uns nach seinem Ebenbild schuf, dann war ER es auch, der uns das Popeln lehrte! Darüber schon mal nachgedacht? Das ist nur folgerichtig. Doch die viel wichtigere Frage lautet: Was passiert mit den Popeln Gottes? Wer stellt ausreichend große Taschentücher her? Und wieso braucht Gott ein Immunsystem, das Popel produziert. Kann Gott Schnupfen bekommen? Fragen über Fragen. Ein alter Mythos besagt aus den Popeln Gottes seien die ersten Planeten entstanden, während die ganze Milchstraße sich aus einem Niesen Gottes ergoss. Hoffentlich muss Gott niemals nie Husten, sonst kann wohl keiner für unser Universum garantieren, denn wahrscheinlich entstünden dabei schwarze Löcher oder gar Risse in der Raumzeit, ojemine. Es hört sich für manch einen sicher bescheuert an, was ich hier erzähle. Das war mir schon klar. Aber das waren die Sorgen eines Kindes. Wenn man sich noch nicht in der Welt auskennt, hat man sehr viele Sorgen. Vor kurzem hatte ich die Sexualität entdeckt. Und auch darüber machte ich mir Sorgen. Ich dachte damals, dass Spermien kleine Menschen seien, und ich, der sie zum Spaß verschwendete dabei zum Mörder würde. Auch die Menschen, an die ich dabei dachte, hatten mir ihre

Erlaubnis dazu nicht mal indirekt gegeben. Machte mich das zum Triebtäter, zum Willen vergewaltigenden Monster? Sie finden das lächerlich! Na, das sind Ängste und Sorgen oft. Sie zwingen einen erwachsen zu werden. Denn gegen sie hilft nur die Welt der Erwachsenen mit ihren drei Weisen aus dem Morgenland: Wissen, Argumente, Rationalität! Das vermag wahrhaft zu trösten, wenn sie dann begreifen, dass selbst in echten Einsatz-Szenarien unter süßsauren Realbedingung oft nur ein Spermium gewinnt. So wird man vom Massenmeuchler zum no-name Mörder. Vom Hitler zum, zum – sehen Sie mir fällt kein Name ein. Ein popliger Einfach-Möchtegern-Mörder hat keinen Namen. Ein Mädchen hat keinen Namen! Oder alle Namen, tausend Gesichter. Und damit eben kein Gesicht. Jeder unserer Namen hat schon, oder wird noch das Gesicht eines Mörders zieren und dabei dem Vielgesichtigen Gott des Todes huldigen. Und das was jeder hat, das was alle haben, wird unsichtbar, blass fahl und gesichtslos. Und was kein Gesicht hat, hat keinen Namen. Was keinen Namen hat, hat keine Macht, weil es entweder noch nicht begonnen hat zu existieren und somit noch nicht benannt wurde, oder wieder damit aufgehört hat zu existieren, weshalb der Name bereits vergessen wurde, oder weil es überall und in jeder Sekunde existiert, sodass seine Existenz nicht wahrnehmbar ist. Wahrnehmung funktioniert nur in Kontrasten: Was kein oben hat, hat auch kein Unten und was keinen Anfang und kein Ende hat, kann von Menschen nicht erfahren werden. Menschen geben Namen. Und was sie nie erfuhren, wurde nie benannt und bleibt nur immerwährendes Hintergrundrauschen ohne Bedeutung. Und was keine Bedeutung hat, hat keine Macht? Habe ich hier etwa falsch gedacht? Ob ihr wirklich richtig steht, seht ihr, wenn das Licht angeht. Das ist so viel besser nur Einfach-Mörder zu sein und so sehr gut.

Back to the root. Heute höre ich Dinge sprechen. Ich bin überzeugt davon, dass es mit meinem großen Erwachen zu tun hat, dass ich das heute kann. Dass ich diese Gabe habe. Wenn es nicht so ist, dann ist es eben doch Zufall, dass beide hier in einer – meiner - kleinen Geschichte zu Wort kamen. Vielleicht ist es Zufall, dass Sie meine Geschichte zu Ende gelesen oder gehört haben? Vielleicht waren Sie dazu irgendwelcher Umstände wegen gezwungen, Sie Arme, Sie Armer! Vielleicht wollten Sie es auch. Eines Tages war die Wand mit meinen Popeln übrigens wieder weiß. Ganz plötzlich vom einen auf den anderen Tag, hatte mein Vater die Wand wieder weiß gestrichen, als hätte er meinen Klagen über und an die Wand zugehört. Und ich war freilich erleichtert, dass er die Wand neu gemacht hatte und ich auch nochmal neu beginnen durfte. Dieser mächtige und für mich damals mammutbaum-große Mann, noch so viel größer und mächtiger als ich, brauchte nur einen Pinselstrich, während ich noch ein kleiner Stift war und nicht mal wusste, wo man Pinsel und Farben kaufen kann. Wir haben nie über diese Wand gesprochen. Noch heute steht sie in einem Haus, in dem nun andere wohnen. Ich habe keinen Ärger bekommen. Ich musste mich nicht erklären. Ich frage mich, ob er die Popel zuerst von der Wand kratzte, oder ob er sie einfach überstrich. Dann wären sie immer noch da draußen, irgendwo unter einer Schutzschicht aus weißer Farbe auf einer Wand, die keiner außer mir kennt – diese Popel, deren Wert nur gefühlt werden könnte und auch nur von Adams-Händen, die um deren Wert bereits wüssten. Ach ja: Zufall gibt es natürlich keinen und das eigene Schicksal muss noch erfunden werden. Wenn es dann erfunden ist, war das in fünfzig Prozent der Fälle reiner Zufall. Bei der anderen Hälfte der Fälle handelt es sich dagegen klar um Schicksal, das aber nur zufällig angefangen hat zu existieren. Ich verabschiede mich hochachtungssternhagelvoll. Bleiben Sie auf der Suche, ohne dabei Zufall und Schicksal allzu ernst zu nehmen. Der Zufall lässt sich nämlich nicht kontrollieren und das Schicksal lässt sich nicht ändern. Und so bleibt wie immer nur der Streit darum, was von beiden zuerst da war und welche dieser beiden Naturgewalten sich unser unendliches und um sich selbst kreisendes Universum untertan machen darf. Vielleicht stimmt ja beides: Popeln ist Schicksal und Wände sind Zufall. Popel – hm – sind schick und Wände sind zu. Mein Tipp: Mach's mit! Schau nicht nur zu. Traditionalisten nehmen die Hände dazu! *Die Hände zum Himmel, kommt lasst uns glücklich sein!* Popeln, das tun wir alle irgendwie irgendwo irgendwann. *Gib mir die Hand, ich bau dir ein Schloss aus Sand irgendwie, irgendwo, irgendwann. Die Zeit ist reif, für ein bisschen Zärtlichkeit irgendwie, irgendwo, irgendwann.* Nur unsere Wände sind verschieden und ganz und gar nicht alle weiß. Also: Lass dich einfach nicht dabei erwischen, wenn du dein Schicksal in die Hand nimmst. Popeln! Popeln!! Popeln!!! Pppp – Popeln. Pooopeln. Das war der Letzte. Die Nase ist frei. Wo ein Popel ist, ist auch ein Weg. Der frühe Popel, fängt den Wurm. Und: Der Popel ist so schön und rund, mit einem Happs ist der im Mund.

Circle of life

Es fliegt! Meine Damen und Herren, haben sie ein Mäppchen schon einmal so fliegen gesehen? Ein Harry Potter ohne Besen. Ein Vogel ohne Flügel. Und trotzdem dieses engelsgleiche Flugverhalten. Diese wunderschöne parabolische Flugbahn. Seine aerodynamischen Eigenschaften scheinen im Vergleich zum Vorgängermodell stark weiterentwickelt worden zu sein. Die Welt steht still und wartet auf diesen einen Moment. Ja, da ist er: der Moment. Mäppchen trifft auf seinen Gegner, den Schulhof. Schulhof ist gefürchtet bei Mäppchen, denn viele Nutznießer parken auf ihm und lechzen nur nach frischen Füllfederhaltern und anderen zerbrechlichen Innereien von Mäppchen. Schulhof und Mäppchen rasen aufeinander zu. David gegen Goliath. Die Menge jubelt. *Flatsch.* Es ist entschieden. David hat seine Steinschleuder vergessen. Goliath besiegt David. Die Mäppchen-Innereien werden naturgemäß wiederverwertet. Vorbei. Es ist vorbei. Ich beendete mein gelungenes stilles introvertiertes Kommentieren der Situation, nachdem ich diesen Kampf angezettelt hatte. Nicht mit meinem Mäppchen, aber mit dem von David, meinem Nebensitzer. Der hatte sich kurzzeitig gewehrt, folgte dann jedoch auch dem Kampf von Schulhof und Mäppchen zumindest beeindruckt. »Arschloch, du sammelst gefälligst mein Mäppchen wieder ein! Sonst – «, schrie David mich an. Er hatte es wohl nicht verkraftet, dass sein Mäppchen verloren hatte. Es war doch ein fairer Kampf gewesen?! Da muss man doch auch verlieren können. »Sonst, sonst – was machst du sonst? Gehst du zum Lehrer und petzt?« »Wenn du noch einmal meine Sachen anrührst, ja, dann petze ich.« Ich verdrehte genervt die Augen. Typisch keinen Spaß verstehen. Mathe begann. Malen nach Zahlen. Langweilig. Mathe eben. Ich versuchte mich zu konzentrieren. Nach fünf Minuten hatte ich den Anschluss zum Lehrer verloren. David wollte einen Stift von mir. Ich gab ihm einen Stift, unter der Bedingung, dass er mich nicht verpetzt. Er wusste, wenn ich ihm keinen Stift geben würde, würde ihm auch kein anderer einen geben. Ich kritzelte auf meinem Arm rum. Wieder langweilig. Ich kritzelte auf Davids Arm rum. Dass meine Zeichnungen hässlich wurden, dafür konnte ich wirklich nichts. Musste David sich auch so wehren. Er hätte ein kostenloses Kunstwerk auf seinem Arm haben können, so wurden es Strichmännchen mit Penis und Möpsen. Ein Zwitter.

David? David! David, wie haben Sie das damals erlebt? Das mit dem Mäppchen, daran erinnere ich

mich gar nicht mehr so genau. Ich erinnere mich überhaupt an ganz wenig aus der Zeit. *An was erinnern Sie sich denn?*
Dass ich nicht mehr gern in die Schule ging. Dass ich mich verändert habe. Dass ich mich so unsicher gefühlt habe. *Sie hatten Angst?* Ja aber so diffus. Ich weiß gar nicht wovor genau. *Vielleicht, dass ihr Mäppchen wieder aus dem Fenster fliegt?* Hm, nein es waren noch andere Dinge. Ich glaube es ging nicht ums Mäppchen. *Haben Sie damals jemandem von ihrer Angst erzählt?* Lange nicht. Einmal hab ich nach dem Unterricht – Nein, schon beim Rausgehen aus dem Klassenraum geheult. Ich konnte es nicht mehr zurückhalten. *Dafür müssen Sie sich nicht entschuldigen.* Ja ich hab dann geheult. *Gab es einen Grund warum sie es dieses eine Mal gezeigt hatten?* Nein – oder, wenn ich jetzt so darüber nachdenke. Es kam mir vor, als hätte ich vor dem Klassenzimmer gewartet. *Gewartet worauf?* Auf dieses Mädchen. *Diese Mädchen?* Nein, genau genommen stimmt das nicht – auf das Mädchen, das Mädchen in das ich verliebt war. Sie war als einzige noch im Klassenraum. *Und kam das Mädchen?* Ja es kam. *Und dann?* Nichts dann. Sie ist dann an mir vorbeigegangen. *Glauben Sie, sie hat Sie nicht gesehen?* Das habe ich mir auch lange eingeredet. Aber nein, sie hat mich gesehen, sie hat mich sehen müssen. *Dann*

hat sie nur so getan, als hätte sie Sie nicht weinen sehen? Ja. *Sie hatten sich diesem Mädchen innerlich geöffnet und dann das, keine Reaktion.* Ja!? Schweigen. *Was ist mit ihren Eltern, haben Sie es denen erzählt?* Wochenlang nicht. Monate lang nicht. Dann, dann hab ich an einem Tag all meinen Mut zusammen genommen und hab es meiner Mutter erzählt. Es war einer dieser Momente, wo man denkt, jetzt oder nie. Sonst war niemand zuhause. Es war die Gelegenheit. Denn bei uns zuhause war sonst nie viel Ruhe. *Und was haben Sie gesagt?* Alles, was ich herausbrachte war: Du Mama, in der Schule, die ärgern mich immer alle. Ich war so kurz vor dem Heulen. *Und ihre Mutter, wie hat sie reagiert?* Sie, sie hat gesagt. Sie hat gesagt: David, dann darfst du dich nicht immer so schnell ärgern, die spüren das und ärgern dich noch mehr. Und dann: Dann hab ich gelächelt. *Sie haben gelächelt?* Ja. *Aber Sie wollten nicht lächeln.* Nein, das wollte ich nicht. Aber der Moment war weg. Es war vorbei. Das was ich eigentlich sagen wollte, das kam einfach nicht über meine Lippen. *Was kam nicht über Ihre Lippen?* Das die anderen das dauernd machten. Dass sie mich in den Bauch schlugen mitten im Unterricht, wenn der Lehrer gerade zur Tafel schaute. Dass sie komische Laute machten, wenn ich redete. Und dass ich dann den Ärger vom Lehrer bekam, wenn ich mich lautstark verteidigte. *War da noch mehr?* Ja einmal hat mir auch einer mitten im Unterricht an den Penis gefasst. *Und all das haben Sie nicht über die Lippen gebracht.* Nein, ich hab es nicht geschafft. Ich habe mich so geschämt. *Und was passierte nach diesem Gespräch?* Ich bin erst einmal raus gegangen und ich bin gerannt. Ich weiß nicht mehr wohin und ich hab geweint. *Sie haben sich unverstanden gefühlt?!* Ja. Seitdem hab ich nicht mehr darüber gesprochen. *Wieso?* Naja ich war doch selber Schuld. Dieser Satz, der verfolgt mich heute noch. Irgendwas muss doch mit mir nicht stimmen. Ich meine warum machen die das denn? Ich muss was Falsches an mir haben, etwas in mir oder an mir bringt die Anderen dazu. Ich bin schuld. *Wie geht die Geschichte weiter?*

Ich ging ans Fenster im Klassenzimmer. »Heute mach ich es endlich«, dachte ich dann. Ich fühlte mich so wie bei König der Löwen auf dem Felsen. Da wo das kleine Löwenjunge Simba von Raffiki, diesem Affen, in die Luft gehoben wird und sich alle Tiere vor dem gerade geborenen Jungtier verbeugen. Es war, als wäre ich einst Simba gewesen. Ach, ist nicht jeder zu Beginn seines Lebens Simba? Diese Idee, König zu sein oder Prinzessin, wenn wir mit Puppen spielen. Ich habe früher auch mit Puppen gespielt. Komisch, dass ich Ihnen das jetzt erzähle, das behalte ich sonst eher für mich. Jedenfalls fühlte ich mich wie Simba vor diesem Fenster. Es kam mir vor, als hätte ich hier schon mal gestanden. Vor langer Zeit, vor so langer Zeit, dass es in dieser Zeit noch keine Worte gab für meine Gefühle. Nur Bilder wie das von Simba. Aber jetzt, wo ich vor dem Fenster stand, da war ich nicht mehr Simba, ich erinnerte mich nur daran, es mal gewesen zu sein. Nur eine Erinnerung, ein Verlust, den ich in diesem Moment zu spüren begann und der so heftig schmerzte, dass mir Tränen aus den Augen tropften. Ich war Simba, der seinen Vater getötet hatte oder es zumindest glaubte getan zu haben. Es war ganz echt dieses Gefühl. *Was meinen Sie mit ‚ihren Vater getötet‘? Sie haben Ihren Vater doch nicht wirklich getötet?* Nein, das habe ich nicht. Das war ein Gefühl. Ein Gefühl von Schuld. Der Vater, er war doch der Grund, warum es mich gab, mich Simba, durch den Vater erhielt ich das Recht auch einmal König zu werden. *Den Vater zu töten bedeutete also den Anspruch auf die eigene Herrschaft verloren zu haben?* Wenn Sie es so ausdrücken wollen. Schweigen. ‚Lauf, lauf weit weg und komm nie mehr zurück!‘ So hab ich mich gefühlt. *Aber Sie konnten nirgendwo hinlaufen.* Nein das konnte ich nicht. Ich stand stattdessen vor dem Fenster auf meinem Königsfelsen und starrte auf den

Schulhof und dann machte ich bedächtig das Fenster auf. Um mich herum war das übliche Pausengeschrei, aber in mir da war alles ganz ruhig. Ich stieg auf die Fensterbank. In dem Moment kam mir nochmal ganz stark dieses Bild, wie mich Raffiki in die Luft gehoben hatte und alle gejubelt hatten. Ich nahm Rufe hinter mir wahr. Erste Schreie und in diesem Moment sprang ich. Oh, es war so befreiend, zu spüren das gleich alles zu Ende geht. Und dann kam ich auf. Es tat nicht weh. Im Fallen hatte ich mich nach vorne gedreht. Mein Kopf schlug auf einer Bank auf und mein Bauch wurde aufgespießt, von so einem Pfosten. Ich weiß nicht, was der da sollte. Ich glaube, nach meinem Tod, wurde der dann auch entfernt. Die Parkbank hatte mir sicher die Hälfte meiner Zähne ausgeschlagen und die lagen da jetzt so auf dem Pausenhof und meine Eingeweide quollen aus mir heraus. *Sie lachen bei der Vorstellung? Amüsiert Sie diese Vorstellung?* Nein, eigentlich nicht. Es befreit mich irgendwie, auch das jetzt so auszusprechen. Und wenn ich mir das anschaue. Ja doch, es hat etwas Komisches. Es ist wie dieses Mäppchen, von dem Matthias vorher erzählt hat. *Sie sind das Mäppchen?* Ja aber meine Eingeweide, die will niemand haben. Davor ekeln sie sich. *Sie lachen schon wieder!* Ja es macht mich glücklich, mir das vorzustellen. *Was macht Sie glücklich?* Das alle da jetzt hinschauen. Über mir dicht ans Fenster gedrängt und auf dem Pausenhof. Wie schockiert sie sind. Und manche schreien und Lehrer kommen angerannt. *Bei Ihrem Mäppchen da kam keiner angerannt? Da hat keiner geschrien?* Nein, keiner hat geschrien. Ich meine das war ja auch nur ein dummes Mäppchen. Langes Schweigen. *Sie weinen.* Schweigen. *Wie geht es Ihnen jetzt Matthias?* Ich weiß nicht was ich sagen soll. *Ich auch nicht, vielleicht das was Sie sagen wollen? Wollen Sie etwas sagen?* Es war doch nur Spaß. *Hat es Spaß gemacht?* Ja, ich glaube schon, ich weiß es nicht mehr. Ich mein der David. Der übertreibt ja auch immer. Das mit dem Fenster ist doch nie passiert, sonst wäre er doch nicht hier. *Da spricht Matthias etwas an. Was sagen Sie dazu: „Das ist doch gar nicht so passiert.' Sie sind nie gesprungen.* Nein, leider nicht. Nicht mal das hab ich geschafft. Schweigen. Es hört sich verrückt an, aber manchmal stelle ich mir vor, ich hätte das genauso gemacht. *Was wäre dann passiert?* Dann hätten es alle gesehen. *Keiner hätte an Ihnen vorbei gehen können, wie es das Mädchen getan hatte, in das Sie verliebt waren.* Schweigen. *Matthias, welche Rolle spielen Sie im König der Löwen?* Sie wollen jetzt darauf hinaus, dass ich Scar bin. Nein, ich bin nicht Scar! Ich meine ich will nicht Scar sein. Wer will schon Scar sein? Was soll das

Ganze überhaupt mit diesem Bild. Ich meine als David jetzt davon erzählt hat. Das hat mich schon irgendwie aufgewühlt und berührt. Aber ich bin nicht Scar. Wenn dann will ich Simba sein, der bekommt am Ende schließlich auch die Prinzessin. *Scar bedeutet auf Deutsch Narbe.* So gesehen wäre ich ja Scar, ich hab die Narben – David, ich hab auch meine Narben. Schweigen. Matthias: Ich will auch Simba sein. *Kann denn nur einer Simba sein?* Schweigen. Lustig, irgendwie muss ich nach dem ganzen Gelaber über den König der Löwen an den Titelsong denken. Circle of Life. Vielleicht will wirklich jeder nur Simba sein. Mein erster Gedanke bei Circle of Life ist so der pure Überlebenskampf. Man muss kämpfen, um mächtig zu sein. Man muss kämpfen, um ein Simba zu werden. Und dann auf dem Weg Simba zu werden, zieht man sich tiefe Narben zu. Wir wollen alle Simba sein, und werden irgendwie zu Scar.

Das war unsere Sitzung zum Circle of Life. Kreisläufe des Lebens zeichnen unser Sein. Mufasa liegt uns tot zu Füßen. Auf dass wir uns in schweren Zeiten darauf besinnen. From the day we arrive on the planet. And blinking, step into the sun. There's more to be seen than can ever be seen. More to do than can ever be done. Some say eat or be eaten. Some say live and let live. But all are agreed as they join the stampede. You should never take more than you give in the circle of life. Some of us fall by the wayside. And some of us soar to the stars. And some of us sail through our troubles. And some have to live with the scars. Märchen schreibt die Zeit. In des Dichters Kleid. Und wenn sie nicht gestorben sind, dann leben sie noch heut. Und ich? Ich will jetzt gleich König sein!

Keine Pause für Dieter K.

Der Wecker riss ihn schweißgebadet aus seinem Traum, in dem er den heutigen Tag schon erlebt hatte, in allen Details, an die er sich, wie es eben bei Träumen üblich war, nicht mehr im Detail erinnern konnte. Doch hatte er die letzten Wochen, vielleicht schon Monate so oft dasselbe geträumt, dass inzwischen jeder Teil des Traumes einmal vergessen oder im Gedächtnis behalten worden war. Er rasierte sich sorgfältig, ohne einmal bewusst in den Spiegel zu sehen und sein Gesicht als Ganzes wahrzunehmen. Er konzentrierte sich jeweils nur auf den zu rasierenden Teil seiner unteren Gesichtspartie. Dann stieg er in die Dusche. Das lauwarme Wasser ergoss sich über seinen Kopf und schließlich über den Rest seines nackten Körpers. Die einzelnen Tropfen perlten an ihm ab und bahnten sich ihren Weg hinab, den Gesetzen der Schwerkraft folgend. Doch sein Körper gab ihm nicht die Voraussetzungen, jeden der einzelnen Wege zu verfolgen, eine Überflutung an Reizen machte es ihm unmöglich. Die einzelnen Wege der Tropfen, und waren sie noch so individuell, verschmolzen zu einem Fluss aus Wasser. Wie eine wärmende Decke legte sich dieser Fluss um ihn. Einen kurzen Moment lang hasste er seinen Körper dafür, alle Tropfen, auch die einzigartigsten unter ihnen, zu vereinen, sie alle gleich zu machen. Dann konnte er sich diesem mollig warmen Gefühl nicht mehr widersetzen und nahm es als gottgegeben an. Denn welches Wesen würde den Titel „Gott" mehr verdienen als jenes, welches duschen konnte und sich nicht dem Wasser und seinem Fluss hingeben musste, welches in der Lage wäre, jedem Tropfen die gleiche Aufmerksamkeit zukommen zulassen. Er hatte sich angewöhnt seinen Körper in einem kontinuierlichen Rhythmus um die Wasserstrahlen kreisen zu lassen. So wie man es in Dokumentarfilmen gelegentlich bei gläubigen Juden sehen konnte, die mit ihrem Körper zum Gebet auf und ab wippten. Und längst diente sein eigenes Wippen nicht mehr nur der gleichmäßigen Wasserverteilung, dieses monotone Wippen: Auf und ab, mit leichtem Seitwärts-Drall. Es war auch für ihn ein Gebet geworden, jedoch ohne Adressaten. Gebet war vielleicht das falsche Wort. Meditation traf es besser. Dazu ein bisschen Shampoo ins Haar, gegen die Schuppen. Er schloss die Augen und fuhr sich genüsslich durch die Haare, die Stirn der Duschbrause zugewandt. Er fühlte sich unweigerlich an eine Shampoo Werbung erinnert, sah die nackte Frau aus der Werbung vor sich, die das Shampoo ebenfalls in ihre Haare einrieb und vor lauter Genuss einen Orgasmus vortäuschte. In der Realität der Werbung war es natürlich ein echter Höhepunkt, ausgelöst durch die sinnliche Wirkung des Shampoos. Ein Stöhnen entwich nun auch seinem Mund, leise und lustvoll. Eine ganz andere Realität eines Höhepunkts. In der Werbung musste es außergewöhnlich schön und aufmerksam und laut sein. Und hier entließ sein Glied in einem Hauchen, mit drei vier Kontraktionen, einem leisen Hüsteln gleich, die feuchte Samenflüssigkeit. Er fühlte sich schuldig. Doch das Wasser wusch das Fett und die Schuppen aus den Haaren, wusch den Dreck und auch die Schuld von ihm. So stieg er sauber aus der Dusche, trocknete sich ab, von unten nach oben.

Dann widmete er sich den Haaren, rieb sie trocken, wollte das Handtuch schon an dessen Platz legen, doch vermochte er es nicht, denn es war ihm, als müsste er anders handeln. Nochmals rieb er sich mit dem Handtuch durch die Haare und legte es dann weg – ja so war es richtig – so hatte er es geträumt. Er zog sich an. Der Spiegel war beschlagen. Er rieb ein Guckloch frei. Und betrachte das erste Mal sein Gesicht, doch sah er sich nicht wirklich, sein Gesicht sagte ihm nichts mehr. Alles, auch dieser Blick in den Spiegel, schien Dieter K. unausweichlich.

Frühstück. Eine Schale Müsli. Ein Löffel, zwei Löffel, drei Löffel, vier Löffel, fünf Löffel. Küchenmesser. Butterbrot geschmiert. Küchenmesser eingesteckt, er würde es noch brauchen. Zähne geputzt. Er musste gehen, es war spät. Er stieg aufs Fahrrad. Er stieg vom Fahrrad. Da war seine Schule. Er schloss es ab, wie immer. Der Schulgong erklang, die erste Runde begann.

Im Klassenzimmer. Ein Klassenzimmer wie jedes andere. Er ließ sich nichts anmerken, verhielt sich so wie immer. Obwohl heute der Tag war. Da saßen sie, in seinem Klassenzimmer, die Täter. Handeln. Es war an der Zeit zu Handeln. Sie hatten gelacht, er hatte gelacht. Sie hatten gelacht, weil sie einen ihrer Urtriebe befriedigen hatten können, dieses bei ihnen weit entwickelt scheinende Gespür für das Schwache, gleich dem Geruchssinn eines Spürhundes, abgerichtet vom Menschen auf das von ihm Unerwünschte, auf das Illegale und Gefährliche. So schienen sie von der Natur abgerichtet worden zu sein, das von ihr Unerwünschte, ja das Abnormale aufzuspüren. Er hatte gelacht, einerseits über das Groteske an seiner Situation: Da war die eigene *kreative Leistung*, in seinen Mitschülern ein Rudel Spürhunde zu erkennen, inklusive Besitzerin, Mutter Natur, die sich weigerte ihre Schützlinge an die Leine zu nehmen. Und trotzdem diese unendlich tiefe Hilflosigkeit. Andererseits musste er lachen, weil sein Körper ihn Zwang. Es war ein Zwang. Sie schlugen ihn nicht. Sie warfen ihm das Mäppchen aus dem Klassenzimmer. Er lachte. Sie zogen ihm an der Hose, berührten seinen Körper im Unterricht. Wenn er Laute von sich gab, so musste er sich den Tadel vom Lehrer anhören, endlich ruhig zu sein. So lachte er. Wenn er doch hätte weinen können, vielleicht hätten sie Mitleid gehabt? Denn auch wenn Spürhunde abgerichtet sind, auf bestimmte Fährten, so sind sie doch trotzdem noch in der Lage anderes zu riechen, noch in der Lage anderen Trieben nachzugeben? Er erinnerte sich an seinen besten Freund. Nach der Schule schauten sie sich an und weinten gemeinsam. Sein Freund weinte, weil er Mitleid mit ihm hatte. Er weinte, weil er es jetzt endlich konnte. Und in der Schule schauten sie sich in die Augen und lachten gemeinsam. Sein Freund lachte, weil er das Schwache gefunden hatte und eine Belohnung von Mutter Natur erwartete, ein Leckerli. Und er lachte, weil er es eben – musste. »Warum tut ihr das?«, fragte er einmal seinen besten Freund. »Langeweile«. Die Pausen waren das Schlimmste. Eine viertel Stunde Langeweile für die Täter. Hier hatten sie viel Zeit. Der Schulgong erklang, die zweite Runde – begann.

Pause. Er zog Butterbrot und Küchenmesser heraus. Teilte es mit dem Küchenmesser in zwei Scheiben, die er aufeinanderlegte, so wie er es liebte. Dann folgte er ihnen mit dem Butterbrot im Mund und dem Messer in der Tasche. Er folgte den Tätern. Freudige Erwartung durchflutete ihn.

Pausenhof. Heute würde er handeln, würde er eingreifen. Es waren fünf. Er näherte sich ihnen langsam. Er war noch zehn Meter von ihnen entfernt. Da standen sie. In der Mitte ein schmächtiger Junge. Er lachte. Sie lachten. Dieters Augen und die des Jungen trafen sich. Der Junge verstand. Er lief auf Dieter K. zu. Die vier anderen blieben irritiert stehen. Jetzt standen sich Dieter K. und der Junge gegenüber, blickten sich in die Augen. Und es war Dieter als wären sie beste Freunde und kannten sich ein Leben lang. Der Junge lächelte und nickte leicht mit dem Kopf auf und ab. Dieter verstand. »Du hast zugeschaut!«, sagte der Junge ruhig und lächelte. Dieter nickte. Der Junge zog eine Glock 17. Ein Lächeln breitete sich über Dieters Gesicht aus. Das erste freie Lächeln seit dreißig Jahren. Der Junge drückte ab und schoss Dieter K. in den Kopf. Und der Lehrer Dieter K., der sich in den letzten Wochen vom Jungen so sehr an sich selbst erinnert gefühlt hatte, fand es gut so – und starb. Das war die letzte Pause von Dieter K.

Erster Kuss

Sie küsste mich. Auf meinen Mund. Unsere Lippen lagen aufeinander, nicht ineinander. Es war mehr Berührung als Kuss. Unsere Augen waren geöffnet. Wir sahen uns direkt an und unsere Lippen wurden trocken, denn unser warmer Atem, der aus unseren leicht geöffneten Mündern hauchte, war wie ein Föhn, der den schützenden Film aus Speichel trocknete und unsere Lippen aneinander klebte. Wie küsst man richtig? Ich hatte keine Ahnung. Und wenn sie Ahnung hatte, schien es ihr nichts auszumachen, dass ich keine hatte. Ich denke die Berührung war einfach genug. Ich weiß nicht warum wir uns küssen. Es gibt dafür sicher eine Erklärung. Irgendeine Erklärung. Wahrscheinlich hat sie mit Biologie zu tun und mit Evolution. Alles wird mit Biologie erklärt. Aber dabei gehen nähere Erklärungen verloren. Erklärungen die jetzt passen. Außerdem, jetzt waren Erklärungen nicht wichtig. Ich wusste warum ich es tat, selbst wenn dahinter irgendeine Biologie stehen sollte. Da war sie und hier war ich. Und wir schauten uns in die Augen und unsere Lippen waren verbunden. Und ich war irgendwie ruhig. Ich wollte einfach so nah bei ihr sein wie möglich. Ich wollte wissen was sie denkt und ich wollte wissen wie es in ihr aussieht. Ich streckte meine Zunge aus und strich ihr über die Zähne. Meine Zunge hatte noch nie andere Zähne gespürt als meine Zähne. Und außerdem immer nur aus einer anderen Perspektive. Von hinten halt. Und jetzt von vorne. Ich musste lachen und es tat ein bisschen weh als sich dabei unsere Lippen voneinander losrissen. Wir fingen an uns zu umarmen. Es war keine der Umarmung, die ich bisher erlebt hätte. Aber ich kenne auch kein anderes Wort dafür. Umarmung war davor für mich ein klares Konzept. Nähern. Arme um den Körper des anderen schlingen. Drei bis fünf Sekunden warten. Umarmung lösen. Doch das war anders. Ich hatte dafür kein Konzept. Ich durfte es neu lernen. Ich legte meinen Kopf auf ihrer Schulter ab. Mein Kopf lag noch nie so auf einer Schulter. Weich aber auch Knochen. Ich wiegte meinen Kopf hin und her, schuf eine Kuhle, bis ich das Gefühl hatte den richtigen Platz auf ihrer Schulter gefunden zu haben. Und sie roch gut. Ich konnte noch nie solange an einem Menschen riechen. Es war nicht nur ihr Deo. Sondern auch ihr Eigengeruch. Ich atmete tief ein und solche Luft hatte ich noch nie geatmet. Ich war auf einem anderen Planeten, auf dem die Luft anders zusammengesetzt war. Und unsere Herzen schlugen gleich schnell und unsere Atemgeschwindigkeit hatte sich angeglichen. Ich hatte noch nie meinen Atem und mein Herz mit einem Menschen geteilt. Irgendwann drehte ich meinen Kopf zu ihrem Hals. Ich schaute ihren Kopf von der Seite an. Und auch das hatte ich noch nie so nah gesehen. Sie vertraute mir ganz. Sie wusste das mein Blick sie nicht verurteilen würde, dass es nicht darum ging etwas zu finden, dass an ihr nicht schön wäre oder nicht passte. Unsere Blicke waren liebevoll und gleichzeitig neugierig. Ich nahm ihren Kopf in meine Hände. Ich roch an ihren Haaren. Ich probierte ihre Haare sogar. Es schmeckte nach Shampoo. Bitter. Ich flüsterte in ihr Ohr. Ich hab dich gern. Ich knabberte an ihrem Ohr. Alles was ich tat, tat sie mir gleich. Und was sie tat, tat ich ihr gleich. Ich nahm meine Zunge und leckte über ihr Ohr. Und ich ging mit meiner Zunge soweit wie man mit einer Zunge in ein Ohr hineinkann. Es schmeckte nach Ohrenschmalz. Es war nicht eklig. Es schmeckte bitter, klar. Aber eklig war es nicht. Es machte mich irgendwie eher euphorisch. Es war eine Droge. So schmeckt also Ohrenschmalz eines anderen Menschen. Er schmeckte zwar irgendwie anders als meiner, aber es beruhigte mich, dass er doch ähnlich schmeckte. Es beruhigte mich solche Ähnlichkeiten bei uns zu finden. Ihre Zunge war jetzt an meinem Ohr. Es war wunderschön als sie sich in meine Ohrmuschel hineinleckte. Das hatte auch noch niemand getan. Es kitzelte und machte jeden Luftzug intensiv. Die Luft hatte jetzt einen Angriffspunkt, sodass mein Ohr sie besser spüren konnte. Ich glaube ich habe das erste Mal diese Stelle meines Körpers wirklich gespürt. Davor wusste ich nicht, dass es sie gab. Ich weiß, dass das viele nicht verstehen können. Aber wir waren in diesem Moment frei von Ekel. Der Ekel kommt danach. Er bewertet das Ganze aber am Anfang steht nur ein Geschmack, und der ist nicht eklig. Er wird nur eklig, wenn wir über ihn nachdenken und über ihn urteilen. Bitterer Salat muss ja auch nicht unbedingt eklig sein. Wir erkundeten so jede Stelle unseres Körpers und zwar wirklich jede Stelle. Und danach. Danach war es als hätte mich jemand das erste Mal ganz gesehen. Und ich hatte zum ersten Mal einen anderen Menschen ganz gesehen. Von oben bis unten. Es war als wären wir durch die Sinne des Anderen das erste Mal wirklich geboren worden. Und die ganze Nacht lagen wir uns in den Armen. Unfähig uns loszulassen. Und als sie einschlief, da fing sie an zu schnarchen. Und ich liebte sie nur noch mehr. Jedes Klischee war aufgehoben. Alle Scham war weg. Und nichts konnte meinen liebevollen Blick auf sie trüben.

Vom Mädchen und dem Schlüsselloch

Jonathan konnte nicht an alten Menschen vorbeijoggen. Und da es so viele alte Menschen gab, hatte er ganz aufgehört zu joggen. Er konnte nicht an ihnen vorbei joggen, weil es ihm leidtat, wie sie da vor sich hin schlurften. Und als sie ihm leidtaten, da dachte er jedes Mal daran, dass wenn er an ihnen vorbeijoggte, er sie dann daran erinnerte, was sie einmal konnten und jetzt nicht mehr konnten. Und er wollte es nicht sein, der diese Gefühle bei ihnen weckte.
Gleichzeitig erinnerten sie ihn aber auch daran, dass er wie sie einmal alt werden würde und dann würde er auch nicht mehr joggen können, selbst wenn er es dann wollte. Deshalb war er auch wütend auf die Alten. Sie hatten doch immerhin irgendwann einmal joggen können und jetzt verhinderten sie, dass er heute oder in Zukunft joggen gehen könnte und beschleunigten damit nur noch sein eigenes Altern.
Über Zebrastreifen ging Jonathan schon lange nicht mehr. Er wollte keine Autos aufhalten. Sie hatten es eilig und wenn er sie aufhielt dann schauten die Fahrer oft wütend. Merken konnte sich Jonathan zwar nicht mehr viel – er war sich sogar manchmal sicher an einer besonders Form der Demenz namens Niemann-Pick-Krankheit zu leiden, die auch bei jungen Erwachsenen wie ihm auftrat, aber gleichzeitig hätte

er, wäre er daran erkrankt, wie er wusste, schon sterben müssen. Vielleicht, so dachte er, war es aber eine noch unbekannte Form, die sich einfach langsamer ausbreitete. Wütende Gesichter allerdings brannten sich bei ihm ein. Er konnte am Abend jedes wütende Gesicht des Tages aufzählen und am Ende eines Jahres konnte er alle wütenden Gesichter aller Tage eines Jahres aufzählen. Er konnte sie alle vor sich sehen und sie hatten nur eines gemeinsam: Ihre Wut auf Jonathan.

Egal wie sehr sich Jonathan einschränkte in seinem Leben. Er konnte es nicht verhindern, dass er immer neue wütende Gesichter einsammelte. Aus der Wohnung ging er nicht mehr und den Müll brachte er oft wochenlang nicht herunter, schon gar nicht bei Tag. Er hatte Angst jemanden zu treffen, der seinen Müll begutachten würde und er hatte Angst vor dem Gesicht desjenigen und den dunklen Zügen, die sich auf dessen Gesicht legen würden. Sie würden ihn kritisieren – die Gutachter. Sie würden ihn kritisieren dafür, dass er den Müll nicht richtig getrennt hatte. Mülltrennung, das wusste Jonathan, war sicherlich das Wichtigste für einen Deutschen. Das hatte er von seinem Vater gelernt als die Flüchtlinge nach Deutschland kamen. Sein Vater hatte welche aufgenommen in ihrem Haus. Er hatte die Flüchtlinge zu

Jonathan ins Zimmer gebracht und gefragt, ob Jonathan etwas dagegen hätte, wenn sie mit ihnen eine Weile wohnten. Und Jonathan hatte dies im Anblick des Flüchtlings und dessen traurigen Augen verneint. Wie hätte er auch etwas dagegen haben dürfen. Sein Vater nahm die Flüchtlinge auf, aber er ärgerte sich auch oft über diese. Sie konnten die Sprache nicht und schlossen deshalb Verträge ab, die seiner Meinung nach schlecht für sie waren und Rechnungen flatterten ins Haus für Dinge, die ihm zufolge, kein Deutscher je gekauft oder abgeschlossen hätte. Das letzte was ein Flüchtling brauchte, wäre doch wohl ein Abo-Glücksspielvertrag. Und dann war da eben die Mülltrennung. Falsch getrennter Müll lies bei Jonathans Vater alle verdrängten Vorurteile wieder auflodern, sodass dieser sich in rassistischen Schimpftiraden ergoss, die, wie Jonathan hoffte, die Flüchtlinge, nicht verstanden, während er den Müll neu sortierte, sodass er keinen Ärger bekäme, wenn er den Müll zu den durch Hartz IV bezahlten Aufsehern des ortsansässigen Recyclinghofes brachte.

Jonathan konnte die AFD und Co Hass-Menschen verstehen. Sie hatten Angst vor den Flüchtlingen und das machte sie rassistisch. Jonathan war sich sicher, dass auch er Rassist geworden wäre, hätte er seine Angst auf eine Menschengruppe beschränken können. Doch Jonathan hatte vor allen Menschen Angst:

Egal ob vor Deutschen, Österreichern, Arabern, Flüchtlingen, Migranten, Jugendlichen, oder wie man auch immer den sinnlosen Versuch unternehmen würde Menschen zu sortieren. Wollte er diese Angst durch Hass ersetzen, so hätte er eine eigene Rasse für sich und eine für alle anderen erfinden müssen: Ein Alien gegen den Rest der Menschheit. Vielleicht so überlegte Jonathan würde das die Menschen vereinen. Ein einzelner junger Alien, den alle Menschen als gemeinsamen Feind ansehen könnten und vielleicht wäre Jonathan dieser Fremdling, dem es bestimmt wäre die Menschheit zu vereinen – oder gar zu retten?

Eine Fliege kitzelte Jonathans Nase und er fuchtelte sie weg genauso wie seine ihm schon bekannten Retter-Phantasien. Wer wäre nicht gerne der Held, zumal wenn er sich so wert und nutzlos fühlte, wie es Jonathan tat?

In Verbindung stand Jonathan durch einen kleinen Fernseher, der Tag und Nacht lief und der sein Fenster in die Außenwelt war. Da er kaum ein Wort mit anderen Menschen wechselte, war das was über den Bildschirm flimmerte im Grunde für ihn die einzige Welt, die er kannte, und in den letzten Monaten hatte sie sich diese für ihn immer beängstigender angefühlt.

Denn plötzlich waren sie gekommen. In Massen. Sie

waren wohl schon länger auf dem Weg gewesen, wie es hieß, aber zuvor im Mittelmeer ertrunken. Doch dann hatten sie einen Umweg genommen und mussten nicht darauf hoffen, dass Mose das Meer teilen würde, oder Boote sie retteten. Und plötzlich da waren sie da – von einem Tag auf den anderen. Niemand hatte anscheinend mit Ihnen gerechnet! Niemand hatte anscheinend daran gedacht, dass Flüchtlinge soweit laufen können?

Und Jonathan hatte Angst vor Ihnen und er wusste nicht mal, wovor er eigentlich Angst hatte. Und so konnte er diese Hass-Menschen verstehen. Er hätte auch lieber gehasst als Angst gehabt. Er hätte sie so viel lieber gehasst. Andauernde Angst schnürte ihm seit Kindertagen die Brust zu, sodass er oft nicht atmen konnte. Angst ist man hilflos ausgeliefert ist, aber durch Hass hat man die Angst endlich wieder unter Kontrolle. Man ist sicher. Doch Jonathan hatte entschieden lieber sich selbst zu hassen, als Rassist zu werden.

Er hasste sich dafür, dass er Platzangst bekam in seinem kleinen Zimmer, wenn er die Bilder von den vielen Flüchtlingen sah, obwohl er sein Zimmer doch sowieso kaum je verließ und er natürlich wusste, dass sein Zimmer mit oder ohne Flüchtlinge gleich groß bleiben würde. Und was machten statistisch ein zwei Flüchtlinge mehr. Zwei Hindernisse mehr, denen er aus dem Weg gehen musste. Damit würde er auch noch fertig werden.

Er hasste sich dafür, dass er Angst hatte, dass diese Flüchtlinge stärker als er selbst waren. Immerhin hatten sie Berge und Meere überquert, Bombenhagel hinter sich gelassen und sie hatten all das irgendwie geschafft. Sie mussten stark sein und Jonathan fühlte sich selbst im Vergleich dazu so schwach. Er würde mit ihnen nicht konkurrieren können. Er war an vielen Tagen nicht einmal in der Lage sein Zimmer zu verlassen. Er war Gefangener der Deutschen in Deutschland. Sie überquerten ganze Landesgrenzen und er hatte schon Schwierigkeiten mit seiner Türschwelle. Sie flüchtenden vor Terror und Tod und er? Vor wütenden Gesichtern.

Jonathan beneidete sie dafür, dass sie so stark waren und er, der sich nicht mal beschweren dürfte, wenn er es wollte, weil er alles hatte, was man zum Leben brauchte, so unendlich schwach.

Er hatte Angst davor, dass sie irgendwann gelernt haben würden den Müll richtig zu sortieren, was er, obwohl er es doch so gewollt hatte, bis heute nicht wirklich konnte. Und dann wären sie Deutsche geworden. Er hatte sich hier nie wirklich integriert. Er mochte Deutsch aussehen, was auch immer das hieß, und doch war er immer ein Alien geblieben, ein Fremder in der Heimat.

Wir müssen die Sorgen der Bürger endlich wieder ernst nehmen! Dröhnte es floskelnd und gestikulierend aus seinem kleinen Weltempfänger. Das war sie also die Antwort. War es so einfach gewesen? Jonathan merkte wie die Worte nachklangen, ihn hypnotisierten und er langsam abglitt und eindämmerte. Warum war er plötzlich nur so müde? Alle waren so müde! Warum waren wir alle nur so müde?

Wie sähe die Welt aus, wenn die Politiker Jonathans ernst nehmen würden? Er würde keinen Müll sortieren mehr müssen, träumte Jonathan. Er würde seinen Mülleimer als Ganzes rausstellen und Maschinen würden den Müll sortieren und er hätte für immer eine Wohnung trotz seiner psychischen Probleme und man würde ihn mögen, auch wenn er den Müll nicht sortierte und es nicht schaffte seine Wohnung zu verlassen und zu arbeiten.

Jonathan wachte auf von Schreien. Im Fernseher sah er einen Bus voller Flüchtlinge, die laut Kommentator gerade in Sachsen ankamen und um den Bus waren sie alle versammelt: Die wütenden Gesichter, die er jahrelang gesammelt hatte und sie waren diesmal nicht wütend auf Jonathan, sie waren wütend auf die Insassen des Busses und buhten sie aus und schrien Deutschland den Deutschen. Und der Hass zog alle Menschlichkeit aus ihren Zügen. Und dann stiegen sie aus – diese Aliens und enttäuscht musste Jonathan feststellen, es waren bloß Frauen, Kinder und Männer und alle hatten sie nackte Angst in ihren Augen. Ein kleines Mädchen zog Jonathans Blick auf sich. Es war zierlich und im Gesicht verschmutzt. Unter seinem Arm klemmte ein zerfetzter dreckiger Teddybär, mit der Hand klammerte es sich an seine Mutter und aus den traurigen Kulleraugen tropften Tränen. Und Jonathan musste auch heulen. Und auch wenn er dankbar war, dass die wütenden Gesichter endlich einen Moment lang von ihm abgelassen hatten, so konnte und wollte er keiner von denen sein, die im Anblick dessen wovor sie Angst hatten, nicht in der Lage waren ihren Fehler einzugestehen und ihre Armee und Rüstung aus Hass wieder abzuziehen. Er wollte kein Hass-Mensch sein und er hasste auch diese Meute nicht. Sie hatten ihre Menschlichkeit am Kleiderhaken zuhause abgegeben und selbst der Alien Jonathan fühlte sich in diesem Moment mehr als Mensch als es diese vom Teufel getriebenen Menschen noch waren. Es waren keine Menschen mehr zum Hassen da und so gab es für Jonathan auch nichts zu hassen.

Jonathan stand auf, stellte sich vor den Fernseher und beugte sich zum Bildschirm hinunter. Er küsste am Bildschirm die Wange des kleinen Mädchens und flüsterte:

Ich bin wie ihr. Ich bin auf deiner Seite. Ich hab sie auch gesehen die wütenden Gesichter. Lieber werde ich gehasst und lieber bin ich kein Deutscher mehr als zu hassen.

Dann nahm Jonathan den Fernseher in beide Hände und hielt ihn einige Zentimeter in die Höhe, drehte sich auf den Fußspitzen samt Fernseher im Stechschritt um und ließ einfach los. Der Fernseher krachte auf den Boden und zerschellte funkenschlagend. Einige Augenblicke später kommentierte diesen bombastischen Schlag ein deutscher Besenstiel aus der Wohnung unter Jonathans Zimmer. Dann war es einfach nur still. Jonathan holte Hammer und andere Werkzeuge aus dem Regal und höhlte den Fernseher wie einen Kürbis aus. Er zog sich seinen selbstgemachten Schutzhelm auf und stolzierte damit auf die Straße – hinter ihm her schleiften trommelnd das Stromkabel samt Stecker. In sachlichen Ton eines Nachrichtensprechers begann er ein Märchen zu erzählen, ohne dass er darüber nachdenken musste, was er sagte:

Es war einmal ein Kind. Das hatte schreckliche Angst vor Monstern. Es konnte in seinem Kinderzimmer deshalb kaum mehr schlafen. Die Eltern wussten keinen Rat mehr. Der Politiker des Dorfes bot ihnen Hilfe an. Er redete auf das Kind ein. Ich will deine Angst ernst nehmen liebes Kind. Er lief zum

Schmied und lies von diesem einen Käfig-Gitter für das Kinderbett bauen, mit dem er das Bett des Kindes einzäunte: So jetzt musst du keine Angst mehr haben. Die Monster können dich nicht mehr bekommen!

Doch das Kind entwickelte in den Nächten darauf noch sehr viel größere Ängste. Die Monster hatten sich verändert und ganz lange Arme bekommen, mit denen sie nach dem Mädchen griffen und langten. Wieder kam der Politiker. Diesmal ging er zum Zimmermann und ließ um das ganze Bett des Kindes einen eigenen kleinen Raum bauen mit einer kleinen Tür, einer Klappe, nur groß genug für ein kleines Mädchen. Die Tür hatte ein Schlüsselloch und einen Schlüssel, sodass das Mädchen sich von innen einschließen konnte. In der ersten Nacht schlief das Mädchen sehr gut. Doch schon eine Nacht später, da kamen die Monster zurück. Sie hatten einen Weg gefunden das Mädchen trotzdem zu verängstigen. Zunächst kamen zwar nicht hinein, aber sie machten Geräusche. Sie kratzten an den Wänden und einige Nächte später wurden gar die Wände selbst zu Monstern. Aus den Wänden wuchsen Arme und griffen nach dem Mädchen. Ein Monster war ganz aus Nebel und ließ sich langsam durch das Schlüsselloch in den Raum der Kleinen fließen. Da war der Raum für das Mädchen ein Gefängnis geworden, denn vor lauter Angst musste sie zittern und schaffte es nicht mehr den Schlüssel herumzudrehen und so schrie und wimmerte sie die ganze Nacht. Die Eltern hatten begonnen selbst an die Monster zu glauben und am nächsten Tag riefen sie daher den Pfarrer zu sich, der sie austreiben sollte. Der Pfarrer aber lachte und ließ Schmied und Zimmermann kommen um all die um das Bett errichteten Gerätschaften wieder abzubauen. Das Mädchen klammerte sich aber an die Gitter ihres Bettgestells als sie abtransportiert werden sollten. Da beugte sich der Pfarrer hinunter zu dem kleinen Mädchen und sprach: Vertrau mir liebes Mädchen. Gegen Monster hilft es nicht sich einzusperren. Die Monster sperren sich mit dir ein. Es ist besser alles offen zu lassen, dann kannst du im Notfall immer noch weglaufen, wenn die Monster kommen. Da ließ das Mädchen von den Gittern ab. Jetzt kam der Pfarrer jeden Abend zu dem kleinen Mädchen. Gemeinsam überprüften sie vor dem Schlafen gehen, ob sich Monster eingeschlichen hatten. Sie sahen im Schrank nach und unter dem Bett und in den Schubladen der Kommode. Die Zimmertür ließen sie offen, sodass das Mädchen im Notfall den Monstern davonlaufen könnte. Jeden Tag schlief das Mädchen nun etwas besser. Anfangs musste sie noch nachts aufstehen und das Licht einschalten, um zu prüfen, ob sich nicht doch ein Monster eingeschlichen hatte. Doch eines Tages schlief sie wieder die ganze Nacht lang und das sogar bei geschlossener Tür.

Und so wurde aus dem kleinen Mädchen irgendwann eine erwachsene Frau und wenn sie nicht gestorben ist, dann ist sie auch heute noch eine erwachsene Frau und lebt friedlich hier unter uns in Deutschland.

Interview mit einem Gott

Lieber Gott mach deine Augen zu, dann hab ich endlich meine Ruh! Du schaust mir wirklich immer noch zu? Pass auf: Ich mache nur noch langweilige Sachen. Binde mir zwanzig Mal meinen rechten Schuh. Ach, bitte mach doch deine Augen zu! Bohre mir in der Nase. Schwebe in und aus der Phase Liege tagelang im Bett, rülpse stinke und werde fett. Was, ich bin immer noch auf Sendung? Hast du nicht genug? Ach, du meinst das ist Selbstbetrug? Und was ist mir dir? Du schufst uns nach deinem Ebenbild. Ich werd den Verdacht nicht los, dass du 24 Stunden vor der Glotze hockst und ich, ich bin dein Hartz4-TV, während ich auf der Erde menschengemachtes Hartz4-TV schau. Und ich warte auf die Werbepause, in der du zum Kühlschrank rennst, und lass mich von einem Wal fressen, das perfekte Versteck. Aber natürlich du hast an deinem TV den neusten Schnickschnack mit extralarge Aufnahmefunktion, unendlich Speicherplatz in allwissendem Speicherformat, mit der Endung .allw. Ein bisschen vorspulen und zurück, schon hast du mich wieder, okay. Ich hab's. Ich schreibe einen Brief an die NSA und bitte um Asyl, ich darf nach Guantanamo Bay.
Ich ändere meine Strategie, ich geh an all die Orte, die du nicht so gerne siehst, von denen man so

in der Zeitung liest. Ich bin in der Ukraine, in Syrien und Nah-Ost. Ich bin in Westafrika bei Tante Ebola. Und was machst du? Plötzlich machst du deine Augen zu! Schaltest einfach um. Auf den Shopping Kanal? Auch Götter brauchen das doch mal. Ich bin allein auf mich ins Leiden dieser Welt gestellt. So und was mach ich jetzt mitten im Ebola Gebiet?

Schon scheiße, so ohne jede medizinische Ausbildung. Tja ich bin ziemlich machtlos. Hier spricht Gott: Genau diese Lektion wollte ich dir erteilen! Ich bin auch machtlos. Wie machtlos? Du bist doch allmächtig? Ja das stimmt, aber ich habe keine Arme und Beine, ich bin absolut immateriell. Ich bin wie SpongeBob Schwammkopf, dem keine Beine und Arme mehr nachwachsen. Es gibt mich nicht wie es einen Baum gibt oder ein Brot. Und wo bist du dann? Ein riesiger Zeigefinger aus Wolken zeigt auf meinen Kopf: Hier drin. Scheiße geh da raus! Geht nicht, du musst erst wissen wer du bist! Ich bin der ich war, der ich bin und der ich sein werde, versuche ich mein Glück. Häm, Schluss mit diesen Machosprüchen!

Hey! Das war ein Zitat, von einem ziemlich klugen sprechenden Busch. Das weiß ich doch, aber nun geh zurück und verkünde allen dieses unsere Sendungsmitschrift. Geh auf den Berg neben dir, dort wirst du sie von mir bekommen.

Ich wandere also auf den Berg und vor mir plumpst die Mitschrift meines himmlischen TV-Kanals auf den Boden. Ich wandere den Berg hinab und vor mir ein riesiges goldenes Kalb. Nicht dein Ernst, Gott? Du magst es theatralisch, oder? Spielst gern die Geschichte nach? Erwischt. Das goldene Kalb verschwindet. Der Wal, in dem ich mich versteckt hatte, nimmt mich zurück nach Europa. Dachte ich es mir doch, dass er mit Gott unter einer Decke steckt. Dann muss ich mich erstmal drei Tage lang duschen, um den Gestank los zu werden. Etwas Genugtuung verschafft mir, dass in dem Duschgel, das ich benutze, Fischmehl verarbeitet wurde. Insgeheim hoffe ich, dass ein Verwandter von meinem Wal mitverarbeitet wurde, auch wenn ich weiß, dass Wale keine Fische sind.

Und das sagt Gott zu euch: Du sollst Medizin studieren, wenn du Krankheit heilen willst. Du sollst Bauer sein, wenn du Menschen ernähren willst. Ich kann euch nur zuschauen. Mich mit euch freuen oder weinen. Aber ich kann nicht eure Probleme lösen.

Eine Woche später bricht Ebola in allen Städten aus in denen ich war. Ich fühle mich ganz schön benutzt, denn ich werde den Gedanken nicht los, dass Gott das geplant hat. Ninive 2.0 ohne happy end.

Was kommt als Nächstes. Ich auf einer Arche mit den Arten die noch nicht ausgestorben sind?

Hm, keine schlechte Idee. Ich habe hier mehrere Millionen Engel und die wollen nun mal unterhalten werden. Du musst Leid entfachen, um es später wieder abzuschaffen.

Ich bin traurig. Desillusioniert. Nein du bist austherapiert! Das war sie die letzte Lektion. Du kannst mich einfach nicht begreifen. Du denkst über mich in Bildern und die sind, seien wir mal ehrlich, leider Gottes, auf Fernsehfiguren beschränkt.

Felsenmann

Liebe Mutter, lieber Vater, liebste Geschwister, Freunde und Familie! Nicht, dass es mir besonders schlecht gehen würde. Nicht, dass ich so nicht weiterleben könnte. Zehn, zwanzig oder mehr Jahre. Aber es ist einfach so ermüdend dieses Leben ohne Liebe zu spüren, ohne Liebe aussenden zu können. Gewiss wirst du Mutter, die du immer einen gehörigen Grundoptimus durch das Leben trägst, nun einwenden, dass diese Fähigkeit doch in mir liege und nur verschüttet sei. Und recht muss ich dir geben: So ist es ganz bestimmt. Doch wenn die Liebe verschüttet ist, so ist doch sicherlich das eigene Innerste, das Selbst, verschüttet. Was nützt mir das Wissen verschüttet zu sein? Dieses Wissen begründet nur die Last, den Schmerz der schweren Steine auf mir, um im Bild zu bleiben. Doch mich befreien, das vermag ich nicht und so scheine ich ein neuer Prometheus. Doch kein Adler ist es, der mich quält, kein lebendes Getier, sondern toter Stein. Der gerade so schwer drückt, dass ich nicht aufzustehen vermag, zugleich aber keinen Tod über mich bringt. Vater! Ich höre wie dein Verstand mir sagt: Aber Junge, das sind doch nur Steine in deinem Kopf! Und auch du hast recht, Vater! Gewiss sind es keine echten Steine, sondern nur Gedanken. Doch wie soll ich mich befreien? Ist das Unsichtbare nicht viel weniger leicht zu besiegen?

Ich liege nun begraben unter Steinen am Rande meines Weges. Und ob ich schon wanderte im finstern Tal, fürchte ich kein Unglück; denn du bist bei mir, dein Stecken und Stab trösten mich. So liege ich da und einige kommen vorbei. Zuerst ein Psychologe. Als dieser erkennt, dass ich kein Geld habe, geht er weiter. Dann ein Theologe. Als dieser erkennt, dass ich keinen Glauben mehr habe, geht er schnell weiter. Dann kommt ein kleines Kind vorbei. Es bleibt stehen und versucht die Steine weg zu rollen. Es strengt sich so sehr an, bis es schließlich nicht mehr kann. Es erkennt, dass es die Steine nicht weg zu rollen vermag und muss weinen. Nicht schlimm mein Kind, nicht schlimm. *Wenn ich groß bin und stark, werde ich dich hier rausholen! Ich verspreche es dir!* So meint das Kind und geht seinen Weg mit hängendem Kopf. Doch leider wurde das Kind später Psychologe.

Früher habe ich gestöhnt. Heute stöhne ich nicht mehr. So weiß auch niemand mehr, dass unter den Steinen ein Mensch liegt und dieser Haufen wurde zu einer Art Pilgerstätte. Reisende lassen sich nieder, setzen sich bei mir zusammen, machen Feuer, halten

Wache, singen Lieder. Mir ist kalt, ich friere und zittere, doch kann nicht aufstehen und ans warme Feuer gehen. Ein Steinwurf entfernt, für mich zu weit. Manchmal wenn mich trotz meiner Schmerzen eine scherzhafte Stimmung befällt, so spreche ich zu den Reisenden, die meinen die Natur oder Gott spräche zu ihnen.

Vater und Mutter ihr seht: Nicht, dass ich nicht weiterleben könnte: Zehn, zwanzig oder mehr Jahre. Aber es ist einfach so ermüdend dieses Leben ohne Liebe zu spüren und Liebe auszusenden. So begann ich, der heilige Steinhaufen, der sprechen kann, den Wanderern eine Geschichte zu erzählen: Dass ich gewachsen sei aus Steinen, die Wanderer hierließen, um Gott damit zu ehren und ich bat die Wanderer weiter zu machen mit diesem Brauch und sie taten es. Wanderer für Wanderer wuchs so der verwinkelte Berg aus Wandersteinen bis schließlich ein letzter Stein mir das Leben nahm. Ich wurde gesteinigt. Wer ohne Sünde ist lege den letzten Stein. Ein Mann legte den Stein, der meinen Brustkorb zu schwer werden ließ, sodass sich meine Eingeweide mit Steinen füllten und mein Hunger gestillt wurde, nachdem ich solange nichts mehr zu essen bekommen hatte. Es war das Kind von damals, welches Psychologe geworden war, dass mich schließlich erlöste.

Leere Batterien

Auf der Suche nach Authentizität. Im Büro.
Kannst du mir helfen?
Klar mach ich doch gern.
Kannst du das für mich ordnen?
Klar doch ich helfe dir gern.
Kannst du das für mich mal halten?
Solange es keine Bombe ist, denke ich, klar wofür bin ich denn da und überhaupt, mach ich doch gern.
Kannst du das für mich übernehmen, du weißt ja, ich mach doch diesen Ausflug mit all meinen Freunden ins Kino, da dachte ich mir, vielleicht ist dir Langweilig?
Ja das ist ja rücksichtsvoll von dir, dass du dir Sorgen machst um mein Arbeitspensum, klar übernehme ich das!
Ich komme nachhause.
Hey Schatz, kannst du bitte die Spülmaschine ausräumen?
Nein sicher nicht!
Kannst du dann den Müll raus bringen?
Seh ich aus wie der Müllmann?
Kannst du mir dann wenigstens aus dem Weg gehen, dass ich dein Gesicht nicht mehr sehen muss – Schatz?

Nein, das will ich nicht.
Wir schauen uns in die Augen und ich frage mich: Was ist aus mir geworden? Wo ist mein Authentizitätsgesicht? Soll ich jetzt lächeln oder weinen? Soll ich mich aufregen, mich wehren, freundlich sein? Meiner Authentizität fehlt strömende Elektrizität. Ich hänge an mein Gesicht Stromdioden aus der Werbung. Und wenn ich zu lächeln haben muss, schließe ich den Stromkreis, das habe ich in der Schule gelernt. Nächster Tag im Büro.
Ach du, der Film war ja so überraschend, Leonardo war ja so sexy, also ähm hast du die Arbeit von mir geschafft?
Klar doch war kein Problem, hab ich noch so gestern Abend zu Hause am Schreibtisch gemacht.
Hirn an Stromkreishände, Stromkreis schließen! Achtung, Achtung alles bitte zurücktreten: Whww. Hirn an Stromkreishände, es ist genug. Whww. Hallo! Es ist genug, hört mich denn mal wieder keiner?
Alles klar bei dir?
Klar doch
Wärest du so lieb
Ja ich bring dir den Sieb
Könnte es sein
Nein ich trinke echt keinen Alkohol und ich stinke sicherlich nicht nach Wein

Holst du mir

Ja ich bring es dir

Herr P. wir müssen sie leider ent –

Lassen Sie ruhig, das kann ich voll und ganz verstehen, ich habe das Gefühl, dass ich in letzter Zeit nicht mehr so viel leisten kann, ich fühle mich so müde Bevor Sie gehen, könnten Sie bitte noch ihren Arbeitsplatz sauber hinterlassen, sonst muss das irgendeiner ihrer Kollegen machen, das muss ja nicht sein? Ja, natürlich – ähm klar, nein, das muss wirklich nicht sein.

Ich begegne auf dem Heimweg Freunden und Bekannten und muss den Stromkreis oft schließen. Auf einer Brücke gehen dann meine Batterien aus. Ich muss sie wechseln. Beim Wechseln fallen mir die neuen Batterien aus der Hand und fallen die Brücke hinab. Ich springe hinterher, bekomme sie in der Luft noch zu fassen und denke: Mein Schatz, du bist zu mir gekommen. Ohne meine Batterien wäre ich nicht länger unsichtbar geblieben, bei der nächsten Begegnung hätte ich nicht mehr lächeln können. Was wäre dann passiert? Plötzlich merke ich, dass mein Sprung vielleicht etwas voreilig war. Ich hatte mir eigentlich vorgenommen, nachdem ich die Batterien gefangen hätte, wieder auf die Brücke zurückzuspringen, aber aus irgendeinem Grund ging das

nicht mehr. Ich hätte doch auch ganz schnell in einem Geschäft um die Ecke neue Batterien kaufen können. Und wenn ich einen Bekannten gesehen hätte, hätte ich doch einfach so tun können, als habe ich ihn übersehen. Das wäre diesem sicher unhöflich im Gedächtnis geblieben, aber es hätte funktioniert. Der Verkäufer hätte natürlich bemerkt, dass mir die Batterien fehlen, ich müsste sie ja persönlich bei ihm Kaufen. Bisher hatte ich meine Batterien anonym im Internet bestellt, aber es hätte funktioniert. Ich komme auf dem Boden an. Ich bin tot.
Achtung hier spricht dein Gehirn: Stimmt ja gar nicht, du lebst noch. Du bist ab jetzt querschnittsgelähmt. Deine Frau verlässt dich. Das war ihr zu viel. Die Stromkreishände sind ausgefallen. Der Stromkreis lässt sich nicht mehr schließen. Ich bin nicht länger unsichtbar. Für alle ist mein Leid jetzt offensichtlich. Ich bin jetzt so sichtbar. Die anderen ertragen mein Leiden nicht. Sie wünschen, dass ich doch unsichtbar wäre und versuchen mich zu ignorieren. Von der Brücke kann ich nicht mehr springen, ich kann meine Arme und Beine nicht mehr bewegen. Helfen will mir ja keiner, das wäre strafbar. Es mag komisch klingen, aber ich gewöhne mich tatsächlich an mein neues Leben. Ich muss mir helfen lassen, es gibt keine andere Option. Ja die eine Hälfte der Menschen ignoriert mich, weil man Leid nicht sehen

will, man denkt, man kann es wegoperieren. Doch die andere Hälfte der Menschen geht sehr offen auf mich zu, fragt mich, was denn passiert sei. Und ich kann mich nicht mehr verstecken. Heute fragt mich wieder ein kleines Mädchen ganz direkt: Was ist denn mit dir los? Ich sage Ihr, dass ich schon lange Zeit querschnittgelähmt war und mich mit künstlichen Batterien eine Zeitlang so wie normale Menschen bewegen konnte, bis die Batterien ausgingen. Sie fragt mich, ob ich nicht auf Solarenergie umstellen könne, da sie gehört habe, dass die Sonne immer scheine. Und wenn nicht, dann könne ich auf eine Mischung aus Wind und Sonne setzen. Auch Daniel Kübelböck, ein Sänger, habe in Sonnenenergie investiert. Ich muss herzlich Lachen, weil ich es wieder kann. Ich nehme mir ihre Idee zu Herzen und statte meinen Rollstuhl mir Solarenergie aus. Ich heiße Karl P. und bin behindert. Ich wurde behindert geboren und das ist gut so.

Wenn die Sterne fallen

»Glück gehabt. Glück gehabt. Da hast du echt Glück gehabt. Schwein hattest du. Du hast Schwein gehabt. Weißt du, dass du wirklich Glück gehabt hast? Also ich mein so wirkliches Glück. Nicht auszudenken - und ich mein«, Andy kaute auf seiner Unterlippe herum genauso wie er auf den Worten herumkaute. Dazu schüttelte er seinen Kopf wie ein nasser Hund, der seine Fassungslosigkeit abzuschütteln versuchte und sich gleichzeitig in einer dicken Salami verbissen hatte, die so dick war, dass er sie nicht schlucken konnte. »Du hast so viel Glück gehabt, so viel Glück wie es Glück auf der Welt gibt und noch ein bisschen mehr. Du hast so viel Glück gehabt, ich glaub es würde reichen um«, Andy rang mit sich. Er rang mit den Worten genauso wie er mit seinen Armen rang. »Ist mal gut Andy. Reicht jetzt. Beruhig dich Großer«, sagte ich mit weicher Stimme. »Glück ist der Ausgang des Menschen aus seiner selbstverschuldeten Unglücklichkeit. Andy weißt du, Du hast das Wort Glück so oft in dein Maul genommen«Andy hatte wirklich ein Maul, denn Mund beschrieb seine Schublade einfach nicht richtig. »So oft, dass es jetzt abgenutzt ist, für immer verbraucht. Eine abgerauchte Zigarette aus Glück. Aber das machst nicht nur du, das machen alle, alle sind Glücksjunkies und rauchen ihre Glückszigaretten ohne abzuaschen und dann halten sie ihre Hand drunter, dass ja kein bisschen ihrer Glücksasche verloren geht, damit sie so tun können, als ob da noch was wäre, das raucht, wenn man daran zieht«, verkündete ich und steckte mir demonstrativ eine Zigarette an. »Lullu, du bist so schlau! Ich find dich richtig schlau. Du bist sooo schlau sooo schlau – wie Schlaubi Schlumpf in 20-mal so groß, so schlau bist du!« Ich tätschelte Andys Kopf damit er Ruhe gab. »Darf ich *glücklich* jetzt nemme sagen?«, fragte Andy mit seinem Hundeblick. »Nein. Hab ich doch gesagt, das ist jetzt ausgelutscht«, eine Rauchwolke verließ meinen Mund, während ich sprach, und zog wie bei einer Friedenspfeife in den Himmel. »Aber Lullu ich bin grad so glücklich, weil ich es so mag mit dir. Mit dir hier zu sein. Hier einfach, weißt. Eigentlich egal wo. Ich – also ist mir so wirklich total egal weißt, wo wir sind. Könnten jetzt auch bei Toni sein, oder weiß auch nicht – wo ganz anders und noch wo weiter weg. Echt so egal, aber es wär trotzdem schön. Weil ich und du. Des ist doch Glück?« Ich gab ihm eine Kopfnuss. »Aua! Au«, winselte Andy. »Willst du wohl still sein?« »Aber – aber« »Aber – aber«, äffte ich ihn nach. »Nichts aber. Die deutsche Sprache ist vielfältiger. Benutze und erweitere deinen Wortschatz, oder ich schlag dich! « Wir waren angekommen und die Vorfreude hatte mir schon ans Bein gepinkelt und lief warm an meinen Waden hinunter. Die Türglocke klirrte laut wie ein Haufen Geschirr der langsam, Stufe für Stufe, eine Treppe herunterrutschte bis er endlich zerschellte. Aus der Sprechanlage drang salbungsvoll: »Sprich Freund und tritt ein.« »Freund!« Die Tür ließ uns ein. Wir zwangen uns durch den Spalt und Andy musste sich ducken den ganzen Weg über durch die viel zu niedrigen und schmalen Gänge bis wir an Alex Zimmer angekommen waren. Und schon standen wir mitten in Alex Zimmer und wären beinahe über Alex gestolpert, der auf dem Boden lag und uns gar nicht wahrzunehmen schien. Er lag da und starrte an die Decke. Er lag da wie Jesus am Kreuz: Die Beine aneinandergeschmiegt und zur Seite abgewinkelt, sodass der untere Rücken leicht verdreht war und nicht ganz auf dem Boden auflag. Sein Kopf war leicht auf die gegenüberliegende Seite gedreht und seine Arme schienen auf dem Boden die Flügel eines Engels nachzuzeichnen. »Kommt legt euch zu mir. Lasst uns die Sterne anschauen! Und macht das Licht aus.« Ich nahm eine Wolldecke vom Sofa an der Wand und breitete sie in der Luft über Alex aus. Langsam und geführt von meinen Händen schwebte sie auf Alex hinab, der regungslos blieb und nur kurz murrte als die Wolldecke sich zwischen ihn und seine Sicht auf die Zimmerdecke schob. Für mich und Andy nahm ich die zweite dünne Wolldecke. »Leg dich hin Andy.« Andy gehorchte aufs Wort und lag vor meinen Füßen. Ich deckte Andy zu, legte mich zwischen die beiden und zog Andys Decke auch noch über mich. Da lagen wir nun. Alex starrte stur an die Decke, doch ich konnte mich minutenlang nicht von seinem Gesicht lösen – bis ich seinem Blick schließlich doch folgte, welcher auf die Zimmerdecke gerichtet war, an der Plastiksterne prangten, die in der Dunkelheit leuchteten. Atomgelb. Radioaktiv. Aber bald schon blickte ich zurück auf Alex' Gesicht. Die künstlichen Sterne waren nicht hell und es konnte eigentlich nicht sein, aber es schien, als ob sie sich in Alex' Gesicht - auf den Wangen und in den Augen - spiegelten. Der echte Mond leuchtete zum Fenster herein und hüllte Alex in ein silbernes Licht. Silberner Körper auf dem radioaktive Sterne tanzten. Andy hatte sich an mich geschmiegt und sabberte an meine Schulter, die langsam feucht und warm wurde. Ich fand das kurz eklig – bis ich mich entschied, es nicht eklig zu finden. Nur durfte er jetzt nicht mehr aufhören damit, denn dann würde der Speichel abkühlen und die Schulter frieren und ich würde frieren. Ich begann Andy zu graulen, um ihn in selbiger Position zu halten, während ich Alex weiter beobachtete, der langsam durchsichtig zu werden schien.

»Alex?«, drückte ich hervor, wobei ich das Gefühl hatte, durch eine Mauer sprechen zu müssen. »Alex?!« »Ja Lullu«, kam es von ganz weit weg. »Was ist los Alex?« Lange Zeit nur Stille. »Es ist so weit.« »Was ist soweit?« » Siehst du es nicht? Die Sterne. Ich glaub sie fallen heute Nacht. Sie fallen von der Decke. Ich bin mir sicher!« »Alex ich glaub – ich glaub du hast zu viel geraucht.« »Wann is zu viel?« »Zu viel ist, wenn die Sterne wirklich von der Decke fallen, Alex.« »Lullu sie fallen noch nicht. Hab ich also noch nicht genug geraucht?« »Nein, Alex hast du nicht. Sollen die Sterne fallen?« »Sein Gesicht veränderte sich schlagartig in eine angstverzerrte Fratze. „Nein! Nicht! Ich will das nicht. Die sind scheiß groß und gelb. Du – wenn die mich berühren, werde ich auch gelb und dann bin ich Homer Simpson und muss im Fernsehen leben und dort jeden Tag verbringen. Und –« »Alex beruhigt dich, oder ich muss dir auch noch eine Kopfnuss geben!« Sofort änderte sich sein Gesichtsausdruck wieder in stille Gelassenheit, den Blick weiter zu den Sternen gewandt. Friedlich. So friedlich hatte ich ihn noch nie gesehen. Und deshalb konnte ich meinen Blick nicht von ihm wenden, weil es mich beruhigte ihn anzuschauen. Meine Augen badeten in seiner Erscheinung. Und ich fühlte mich schwer werden und leicht zugleich und ich spürte wie alles in mir leer wurde, ich mich aber voll fühlte. Alex, was war mit Alex los? Alex war nie friedlich gewesen. Alex hatte eine Zeitlang Antidepressiva genommen, wegen seinen Depressionen. Die haben ihm aber nicht geholfen. Die helfen nicht immer. Die helfen vielleicht der Hälfte der Leute. Was die aber nicht ehrlich sagen. Alex hatte sie genommen und hatte dann keinen mehr hochbekommen. Sex, hatte er vorher oft gehabt. Dadurch konnte er mit anderen Menschen in Verbindung treten. Und dann konnte er das nicht mehr. Wenn jemand zu früh kommt, dann kann er mit Serotoninwiederaufnahmehemmern später kommen. Der kann dann davon echt noch profitieren. Aber Alex der Arme war abgeschalten gewesen. In seinem Fall hatte es ihm wohl das Leben gerettet die Tabletten abzusetzen. Aber auch nur vorerst. Auch keine Lösung von Dauer. Und jetzt war derselbe Alex so fucking friedlich. »Lullu als es mir schlecht ging haben sie zu mir gesagt, dass ich will, dass es mir schlecht geht. Die haben das zu mir gesagt, ob ich denn nicht gesund werden will. Was für eine Frage. In Wahrheit will man ja traurig und depressiv sein, sagen die. Glaubst du ich wollte es nur nie genug?« *Glück ist der Ausgang des Menschen aus seiner selbstverschuldeten Unglücklichkeit. Glück ist der Ausgang des Menschen aus seiner selbstverschuldeten Unglücklichkeit. Glück ist der Ausgang.* »Nein, ich glaub es nicht

Alex.« »Ich auch nicht Lullu. Ich hab mich gehasst dafür. Ich hatte mich nicht entschieden unglücklich zu sein und ich hab mich auch nicht entschieden glücklich zu sein. « »Bist du glücklich?«, fragte ich ihn. In diesem Moment regte sich etwas an meinem linken Arm. Andy hatte mich im Halbschlaf in den Arm gebissen, wohl um mich daran zu erinnern, dass ich das Wort nicht in den Mund nehmen durfte, weil ich es ja verboten hatte. Ich kraulte ihn zurück in den Schlaf. »Bist du zufrieden, korrigierte ich mich. « »Ja«, lächelte Alex und streckte seinen Arm langsam den Sternen entgegen: »E.T. nach Hause telefonieren«, krächzte er mit verstellter Stimme und ich wurde plötzlich sauer. Impulsartig rückte ich ganz nahe an ihn, zog dabei die Decke mit und beugte mich auf den Knien über ihn. Andy schnaufte kurz auf, schnarchte dann aber weiter. Ich drückte Alex' Arm nach unten und flüsterte schluchzend: Du bist zuhause. Du bist zuhause Alex! Hörst du mich Alex, du bist zuhause! Alex schau mich an, wenn ich mit dir rede!«, schrie ich und schüttelte ihn dabei. Er reagierte nicht. Ich gab ihm eine Ohrfeige und in dem Moment, ich schwöre es, viel der größte Stern über uns von der Decke. Meine Ohrfeige musste so stark gewesen sein, dass das Zimmer gebebt hatte, oder der Kleber am Stern so alt und schwach, dass ein Lüftchen genügt hatte, den Stern vom Himmel zu holen. Er landete auf meiner Nase, auf die ich zu schielen begann. Alex wandte mir nun endlich seinen Blick zu und starrte direkt auf meine sternenbesetzte Nase. »Du hast da was, sieht nicht schön aus.« Er streckte seinen Arm aus und fuhr langsam den Stern und seine Spitzen ab, so, dass der Stern sich leicht gegen meine Stirn drückte und an meiner Stirn zu kleben begann. »Na toll, sehr gut Alex. Jetzt bin ich E.T.!« grinste ich und verdrehte die Augen. »Ich hatte Recht«, dämmerte es Alex. »Die Sterne fallen vom Himmel. Die Sterne fallen vom Himmel«, wiederholte er freudetaumelnd. »Und fühlst du dich jetzt irgendwie anders?« »Bin ich schon gelb?« »Nein.« »Dann bin ich nur glücklich, dass ich gesehen hab wie ein Stern vom Himmel fiel«, sagte Alex und gab mir einen Kuss. Und ich fühlte mich einen kurzen Moment wie dieser Stern. Ich war der Stern. Atomgelb. Radioaktiv. Aber eben ein leck mich geiler leuchtender Stern, der vom Himmel gefallen war. Der Kuss hielt an und wurde intensiver, ich eroberte Alex Körper saß jetzt auf ihm und presste seine Arme auf das hölzerne Parkett. Alex ging wehrlos zu Boden, seine Versuche sich mit dem Kopf ein letztes Mal aufzubäumen, hatte ich mit meinen fordernden Küssen zum Verstummen gebracht. Ich spürte wie sein Körper unter mir zitterte und sein Brustkorb sich voller Lust schnell hob und wieder sank. Ich zog ihm sein T-Shirt aus. Ich zog mir mein T-Shirt und meine Hose aus. Seine Hose öffnete ich nur und zog sie samt Short bis zu den Knien, sodass sein Penis frei lag, den ich in die Hand nahm, küsste, mit meinen Lippen anfeuchtete und an ihm saugte und nuckelte. Ich spürte wie sein Penis härter wurde und wie das Blut in ihm pulsierte. Mit meiner Zunge streichelte ich seine Eichel während ich sie mit Daumen und Zeigefinger leicht quetschte. Dann leckte ich seinen Penis von unten nach oben wie eine Katze sich das Fell leckt und ließ keine Stelle aus. Seine Vorhaut schob ich dabei ganz langsam vor und zurück und sah wie kleine Lusttropfen die Eichel benetzten und sie zum Glänzen brachten. Er war soweit. Ohne weitere Verzögerung setzte ich mich auf seinen Penis und steckte ihn rein. Alex stöhnte. Sein Unterleib begann sich reflexartig rhythmisch vor und zurück zu bewegen. Doch ich ließ es nicht zu und presste mich so stark gegen ihn, dass es jede seiner Bewegungen eindämmte, was nicht leicht war und die volle Anspannung meiner Beckenbodenmuskeln erforderte. Ich hielt beide seiner Arme fest am Boden und saß so minutenlang bewegungslos auf ihm mit seinem Penis in mir und spürte wie heftig es ihn erregte. Weil er seinem Unterleib nicht nachgeben durfte machte sich seine Anspannung an den Händen bemerkbar, die nun verschlungen in meinen lagen und immer heftiger zudrückten. Jeder seiner Atemzüge war ein Stöhnen geworden. Andy war längst wach geworden und schaute mit seinen Hundeaugen bedächtig zu. »Andy hilf mir« sagte ich und als hätte er darauf gewartet kam er auf allen Vieren an und drückte für mich Alex' Arme fest auf den Boden, sodass ich ganz frei war. Aus meiner Hose neben mir zog ich eine Zigarette plus Feuerzeug und zündete die Zigarette an. Die leichte Bewegung zu meiner Hose hin und zurück ohne meinen Platz auf Alex zu räumen, ließen ihn laut aufstöhnen. Genussvoll zog ich an der Zigarette, die aufglühte und begann wie in Trance leicht vor und zurück zu wippen. Alex war kurz vor dem Kommen, ich spürte wie der Druck gegen meinen Unterleib schwächer wurde und Alex' Körper zu zucken begann. Sein Körper zog sich in Erwartung des Orgasmus zurück. Alex' Gesicht verzog sich vor Lust und er schrie laut auf als er in mir kam. Im selben Moment hielt ich ihm den Mund zu und drückte die glühende Zigarette auf seiner Brust aus. Den Rauch vom letzten Zug blies ich langsam über seinen Körper und küsste seine Haut direkt neben der neu entstehenden Wunde, in die sich die Zigarette bohrte. Tränen schossen aus seinen Augen und ein leichtes Wimmern gemischt mit Stöhnen drang durch die Hand auf seinem Mund, welcher sich sein Kopf, der rot anlief und dessen Adern anschwollen, durch winden nach rechts und links, wie beim Verneinen einer Frage, zu entledigen suchte. Ich streckte mich ganz auf Alex aus, sodass die Zigarette zwischen unseren beiden nackten Oberkörpern zermahlen wurde, küsste seinen Hals und flüsterte in sein Ohr, während ich ihm mit einer Hand über die Brusthaare schrubbte: »Wäre ich ein echter Stern, wärst du jetzt tot. Du hast wirklich Glück gehabt Alex. Weißt du das? Du hast wirklich richtig Glück gehabt. Du hast Schwein gehabt. Deine Narbe aus Sternenstaub soll dich daran erinnern. Bitte sei glücklich Alex!« Ich küsste seine Wunde, zog mich an und ging mit Andy. Alex blieb mit einem friedlichen Lächeln zurück.

Telefonterror

Genervt ließ sie den Hörer wieder aufs Telefon fallen. Was für eine Zeitverschwendung! Hier Lucia Miller, hatte sie höflich gesagt. Keine Antwort. Das Zweite Mal war schon etwas vehementer gewesen: Hier Lucia Miller! Wieder keine Antwort. Hallo? Hier Lucia Miller! Wer ist denn da am Apparat? Wieder nichts. Aus dem Hörer drang nur gellende Stille. Aber es war keine normale Stille. Es war eine beunruhigende, unnatürliche Stille, die jeden Laut zu verschlucken schien. Eine Stille, die ihr zwar bekannt vorkam, die aber dennoch so fremd war, wie ein Traum, den man gerade geträumt hatte, aber seinen Inhalt nach dem Aufwachen nicht mehr kannte. Man ahnte, dass da etwas gewesen war, doch was? Ihr Innerstes wusste, diese Stille war nicht nur fremdartig, nein, sie war ganz und gar böse.

Ein Klicken gefolgt von einem regelmäßig wiederkehrenden Besetztzeichen beendete schlagartig ihre Gedanken. Der Anrufer hatte aufgelegt. Einfach aufgelegt. Was hatte sie denn erwartet? Eine krächzende Stimme, die ihren Tod verkündete? Bei diesem Gedanken musste sie über ihre eigene Phantasie lachen. Sie war mit ihren 14 Jahren eben doch noch immer ein Kind geblieben, das Dinge sah, die es nicht gab. Der mysteriöse Anrufer hatte sich wahrscheinlich nur verwählt. Überrascht durch die fremde Stimme hatte er für einen Moment gezögert, der ihr wie eine Ewigkeit vorgekommen war, und sich dann schließlich dazu entschlossen einfach aufzulegen. Ja, so oder so ähnlich musste es wohl gewesen sein. Nur ein kleiner Teil in ihr protestierte dagegen leise, doch zu leise.

Fünf Minuten später lag sie schon wieder in ihrem gemütlichen Bett, vertieft in dem Buch *Dreizehn* von Wolfgang und Heike Hohlbein, in dem das Mädchen *Thirteen* zu ihrem Großvater in ein uraltes Haus zieht und unter diesem ein Labyrinth aus endlosen Gängen und zahlreichen Kammern entdeckt,

dort werden Kinder gefangen gehalten und schließlich gerät Thirteen auch in die Fänge des Labyrinths. Würde sie wieder entkommen? Lucia zweifelte nicht wirklich daran, sonst wäre das Buch wohl ziemlich witzlos.

Sie bewunderte Wolfgang Hohlbein. Er konnte das Wirkliche und Unwirkliche so gut vermischen, dass es nicht voneinander zu unterscheiden war.

Sie horchte auf. Das Telefon läutete. Nicht schon wieder! Einmal, ein zweites Mal, ein drittes Mal, gerade wollte sie aufstehen und zum ein Stockwerk tiefer gelegenen Telefon gehen, als es schon wieder aufhörte zu läuten. Na toll. Wer rief eigentlich noch um diese Uhrzeit bei ihnen an? Es war 23 Uhr und seid Stunden schon stockdunkel; kein Mond und keine Sterne waren am Himmel zu sehen. Nur im Haus herrschte Helligkeit und wenn man zum Fenster hinaussah konnte man allein eine schwarze Fläche erkennen.

Ihr Haus war das einzige im Umkreis von 30 Kilometern. Um das Haus gab es nur Wald und einen asphaltierten Weg, der nach einigen tausend Metern auf eine Landstraße führte.

Sie schloss die Augen und versuchte sich vorzustellen rückwärts mit Blick auf das erleuchte Haus in Richtung nächster Stadt zu schweben. Es gelang ihr auch tatsächlich. Das Haus wurde immer kleiner, bis es nur noch ein stecknadelkopfgroßer heller Punkt war und schließlich ganz von der Dunkelheit verschluckt wurde. Um sie herum nur Dunkelheit, Dunkelheit und Stille.

Sie öffnete die Augen wieder, Licht strömte in ihr Bewusstsein zurück und dennoch fröstelte sie als ihr nun schlagartig bewusst wurde, dass sie wohl der einzige Mensch weit und breit war.

Können wir dich wirklich allein im Haus lassen? Hatte ihre Mutter besorgt gefragt und Lucia hatte wie es in ihrem Alter ebenso üblich war ein forsches und gelangweiltes *Ja* in Richtung ihrer Mutter geworfen *Ich bin doch kein kleines Kind mehr.* Und ihre Mutter und ihr Vater waren schließlich auch zu dieser Geburtstagsfeier gefahren. Doch in Wahrheit wäre es ihr lieber gewesen, den Abend nicht allein verbringen zu müssen. Denn sie mochte es wenn Menschen um sie waren, Menschen, die laut waren, die lachten, die Nebengeräusche verursachten und nicht diese, diese Stille.

Sie war ein Stadtkind, sie war an ratternde Automotoren zu jeder Tageszeit gewöhnt, an Jugendliche die besoffen rumgrölten und an Kindergeschrei auf den Straßen. Doch hier gab es nichts davon! Sie waren erst vor drei Monaten hergezogen und sie hatte sich noch nicht an diese Umgebung gewöhnen können und würde es vielleicht auch nie tun. Doch es half alles nichts, sie musste damit leben oder sterben.

20 Kilometer entfernt gab es in einem kleinen Transformatorhäuschen mitten im Nirgendwo einen Kurzschluss, wenig später würde das Sicherheitssystem die Stromzufuhr abschalten, um größere Schäden zu verhindern.

Lucia hatte sich wieder in ihr Buch vertieft. Im Hintergrund lief Musik von den Ärzten, einer deutschen Punkband, die Lucia schon gegen 20 Uhr angemacht hatte, weil sie diese Stille einfach nicht mehr ertragen konnte. Sie mochte die Ärzte, auch wenn sie ihre

Texte nicht immer verstand,
sie hatte zwar Deutsch an ihrer alten Schule in Amerika gehabt und das war auch ihr Lieblingsfach gewesen, doch hier an ihrer kanadischen Schule hatte sie kein Deutsch mehr. Außerdem waren drei Jahre Deutsch nicht genug um diese schwere Sprache wirklich zu beherrschen. *Das wird die Monster-Monsterparty – aiiaiaiaiii. Das wird die Monster-Monsterparty – aiiaiaiaiii.* Es surrte kurz, dann nur Dunkelheit und Stille! Lucias Herz blieb beinahe stehen. Das Licht war aus und was fast noch schlimmer war, die Musik ebenfalls. Lucia lag einige Sekunden einfach nur da, begleitet vom Pochen ihres eigenen Herzens. Dann, langsam beruhigte sie sich wieder und ihr durch den Schock ausgeschaltetes Gehirn reaktivierte sich.

Alles kein Problem Lucia, alles ist bestens, wahrscheinlich ist nur eine Sicherung durchgebrannt. Das änderte zwar nichts an ihrer Situation im Dunkeln zu sitzen und im Stillen, aber es nahm der Situation etwas an Unheimlichkeit. Was sollte sie jetzt tun? Sie beschloss einfach hier liegen zubleiben, zu schlafen, und morgen würden ihre Eltern wieder da sein und alles wäre normal. Ja, alles normal. Wenn sie gewusst hätte.

Sie starrte in die Dunkelheit in diese tiefe, schwarze,

hypnotisierende und endlose Dunkelheit. Dazu bildete sich in ihrem Ohr ein leichtes monotones Piepsen, wahrscheinlich, weil sie sich so sehr ein Geräusch gewünscht hatte. Na, wenigstens etwas. Sie fühlte sich schläfrig und die Dunkelheit schien sich langsam zu wandeln. Waren das kleine Sternchen mitten im Dunklen? Es wurden immer mehr, wie schön, doch ihr war jetzt alles egal.
Sie lag noch immer in ihrem Bett. Dunkelheit und Stille umgaben sie. Doch beide hatten sich verwandelt, es war keine normale Dunkelheit mehr und auch keine normale Stille. Beide waren verschmolzen zu einer Kreatur, zu einem *etwas*, zu einem bedrohlichen Ding, dass ihr Böses antun wollte, dass wusste sie nun. Es war kein unterbewusstes Ahnen mehr, es war traurige Gewissheit. Ein Geräusch durchdrang die Stille, es klang zwar nur gedämpft und kaum wahrnehmbar zu ihr durch, doch es war ein Geräusch, besser gesagt ein Schrillen.
Es war das Telefon. Erleichterung machte sich in ihr breit. Sie würde gleich das Telefon abheben und sich mit einem menschlichen Wesen unterhalten. Doch im gleichen Moment meldete sich ihre innere Stimme wieder. Seit wann kann ein Telefon ohne Strom läuten?
Das ist ein Trick Lucia, ein Trick! Es ist die Stille,

sie will dich überlisten, Sie will dich haben! Am anderen Ende der Leitung wartet der Tod auf dich! Sie spielt mit dir, wie eine Katze mit ihrer Maus, bevor sie die Maus frisst! Denk an den Anruf vorher, das war das erste Zeichen! Das Zeichen für – Nein! Sie würde nicht abheben, sie würde abwarten, bis das Telefon aufhörte zu schrillen. Doch das tat es nicht, es hörte nicht auf zu läuten.

Und mit jedem Mal schien es lauter und aufdringlicher zu werden. Doch sie würde nicht nachgeben. Sie durfte nicht nachgeben! Doch ein urnatürlicher Drang, wollte nachgeben, die Neugier befriedigen, wissen was da war und dieser Drang wurde immer stärker. Er staute sich in ihr an, bis er sich in einer Aufsitzbewegung entlud.

Sie dachte nicht mehr nach, etwas fremdes hatte die Kontrolle über ihren Körper erlangt, etwas von dem sie nicht mal gewusst hatte das es existierte, etwas das das Geheimnis um jeden Preis lüften wollte.

Sie stand auf und versuchte sich in der Dunkelheit mit ihren Händen voraus, als Fühler benutzend, zurechtzufinden. Auf Anhieb fand sie die Tür und konnte sie auch öffnen.

Sie stolperte auf den Flur: Das Telefon wurde lauter. Konnte sie sich das nur einbilden? Langsam, Schritt für Schritt versuchte sie sich nach vorne zu tasten. Die Wände, ja alles, war warm, so als ob das Haus leben würde. Sie schien in einer anderen Welt zu sein, in einem dunklen Labyrinth, doch im Gegensatz zu Thirteen, war sie hier in der Realität und nicht in einem Buch! Jetzt kam sie endlich zur Treppe. Vorsichtig setzte sie den rechten Fuß auf die erste Stufe, dann stieg sie hinab, hinab ins unbekannte, ins Reich der Stille.

Der Boden verschluckte ihre Schritte. Nichts war zu hören. War das wirklich der Boden oder dieses – Sie wusste nicht genau wann die Treppe aufhörte, deshalb war jede Stufe für sie ein Tritt ins Ungewisse.

Müsste die Treppe nicht schon längst aufgehört haben? Das konnte doch nicht sein, wo war das Ende der Treppe? Und dann völlig unerwartet kam es, Lucia stolperte und flog ins scheinbare Nichts, ins Dunkel. Mit einem dumpfen Plumps kam sie auf. Dann nichts mehr, nur Stille.

Mit einem stechenden Schmerz in ihrem rechten Knie und mit einigen blauen Flecken übersät, wie sie vermutete, stand sie langsam auf. Das Telefon war immer noch zu hören. Lucia, geh nicht weiter!

Doch sie humpelte mit ihrem verletzten Knie weiter. Jetzt war sie schon an der Tür zum Wohnzimmer, in dem das Telefon stand. Das Läuten war nun schriller denn je, es war ein drängendes und unbarmherziges Läuten, zwar ein Geräusch, doch von so kalter Natur, dass es ihren ganzen Körper durchdrang, wie der

Wind an kalten Tagen, durch alle Kleidungsstücke blies. Es war die Nachricht der Stille an sie: Fürchte dich, dein letztes Stündchen hat geschlagen.

Sie durfte nicht abnehmen. Sie durfte nicht. Nein! Doch ein stärkerer Teil in ihr hatte die Kontrolle, nicht mehr der ängstliche und vorsichtigere Teil. Ihre Hand streckte sich nach der Türklinke aus, sie trat ein, humpelte zum Telefon und nahm ab.

Luci, aufstehen, es ist schon Mittag und die Sonne lacht. Willst du den Sonntag nicht noch etwas genießen? Fragte sie die Anruferin. Lucia war verwirrt. Im nächsten Moment spürte sie ein leichtes ziepen in ihren Augenbrauen und alles verschwamm.

Sie schlug die Augen auf. Über ihr stand ihre Mutter mit dem typischen lieben Mutterlächeln im Gesicht. Lucia lag in ihrem Bett, sie war nicht im Wohnzimmer und kein Telefon läutete.

Schnell setzte sie sich auf und schaute sich verwundert um. *Hast du schlecht geschlafen?* fragte ihre Mutter.

Nein! log Lucia knapp. Sie sah ihrer Mutter natürlich an, dass sie mit dieser Antwort nicht so ganz zufrieden war. *Wie auch immer, die Stromgesellschaft hat angerufen, heute Nacht hat es einen Stromausfall gegeben, aber du hast wohl nichts davon mitbekommen, war schon gegen 24 Uhr, da hast du ja schon geschlafen, nicht wahr? Also in einer halben Stunde*

gibt es Mittagessen, zieh dich mal langsam an.
Mit diesen Worten drehte sie sich um und verließ das Zimmer. Lucia war einfach nur verstört. Hatte sie das alles wirklich nur geträumt? Es war doch so real gewesen! Sie setzte ihre Füße auf den Fußboden und wollte aufstehen, doch sie ließ sich sofort wieder auf ihr Bett fallen, als ihr Knie sich mit einem stechenden Schmerz meldete. Wo kam dieser Schmerz her? Sie zog ihre Hose bis übers Knie hoch, überall waren blaue Flecken. War sie vielleicht heute Nacht aus dem Bett gefallen? Aber konnte man sich dabei so sehr verletzen? Was war gestern Wirklichkeit und was Traum gewesen? Sie würde es wohl nie erfahren.

Versöhnung

Ich habe etwas sehr Selbstsüchtiges getan. Ich habe es nicht getan um irgendwen zu bestrafen oder irgendwem Kummer zu machen. Ich habe es für mich getan, um Frieden zu finden. Ich habe jetzt mehr als zehn Jahre Depressionen hinter mir. Und ich denke ich habe gekämpft und das getan was in meinen Möglichkeiten lag. Weitergelebt habe ich für euch. Sterben tue ich für mich. Wenn ich in die Zukunft schaue habe ich einfach nicht mehr die Kraft nochmal zehn Jahre oder mehr so zu leben. Das Studium gab mir den Luxus depressiv zu sein. Lernen und arbeiten schreiben konnte ich im Bett und hingehen musste ich nicht unbedingt. Aber arbeiten werde ich nicht können und ich will meinen Abstieg eigentlich nicht mehr miterleben. Ich weiß aus meinem Studium, dass die Angehörigen oft sehr sauer sind auf denjenigen der sich das Leben nimmt. Ich hoffe allerdings ihr könnt mir verzeihen und euch für mich freuen. Weiterleben wäre für mich leiden gewesen. Einen leidenden Hund schläfert man ja auch ein. Leidenden Menschen gesteht man dies leider nicht zu. Ich weiß ja, dass bei vielen die Depressionen weg gehen und dann ist das auch sinnvoll. In meinem Fall dauert es aber jetzt einfach zu lange. Ich wünsche mir, dass ihr mich so in Erinnerung behalten könnt, wie ich vor meinen Depressionen war und nicht als der mürrische Kauz, der ich geworden bin. Das bin nicht wirklich ich und ich leide daran nicht ich selbst sein zu können und mir selbst bei meinem Verfall zu zusehen. Bitte verzeiht mir auch all die Vorwürfe, die ich euch gemacht habe. Es gab natürlich stressige Zeiten, aber die gibt es bei jedem und ich bin überzeugt, dass nicht die Dinge, die irgendwer getan hat, verantwortlich sind, sondern, dass mein depressives Gehirn mir nur dauernd Streiche spielt und nur eine sehr eingeschränkte Sicht auf das was um mich herum passiert ermöglicht. Ich werde sicher viele schöne Dinge verpassen. Das erste Kind meines Bruders, weitere Hochzeiten und Kinder, schöne Feste und dergleichen. Doch ich weiß, dass ich sie sowieso nicht genießen hätte können. Ich bin zuversichtlich, dass ich im Tod zurückkehren darf zu mir selbst und meinem inneren Frieden. Ich denke ich kann mich von da oben sehr viel mehr für euch freuen, als hier unten auf der Erde. Überhaupt sehe ich den Tod als etwas willkommenes und Teil des Lebens an. Wir brauchen ihn nicht zu fürchten. Er hebt uns aus unserer individuellen Ego-Illusion und macht uns wieder eins mit dem Universum mit Gott und der Liebe. Ich bin nicht weg danach, das weiß ich. Ich bin nur anders da. In einer anderen Form in einer universellen. Ich glaube das Gott manche Menschen so lieb hat, dass er sie gerne zurückhaben möchte. Sie um und bei sich haben möchte. Diese Menschen haben Depressionen und finden erst ihren Frieden bei Ihm. Ich wünsche mir wirklich ihr könnt euch einfach freuen für mich. Ich bin heimgekehrt. Der Tod ist meine Auferstehung. Ich bin wieder ganz heil und kann aus der vollen Liebe schöpfen und in ihr existieren. Meine Lieben. Ich danke euch für alles Schöne, das wir gemeinsam erlebt und geteilt haben. Nichts war und ist selbstverständlich. Ich spüre und erahne all diese schönen Momente hinter einer tiefen dunklen Wolke des Vergessens, die mich sie sehen lässt aber nicht mehr empfinden. Ich weiß jetzt aber, dass dies nicht als Strafe gedacht ist. Es ist ein Geschenk und soll mir den Abschied erleichtern. Oh, ihr lieben! Ich wünsch euch noch ein ganz wunderbares Leben. Teile von mir werden euch zuschauen und bei euch sein. Und wir werden uns wiedersehen. Für mich wird es nur ein Wimperschlag in der Ewigkeit sein bis wir uns wiedersehen. Für euch wird viel Zeit vergehen. Falten werden gewachsen sein und Schrunden an den Händen, so manche Pflaster werden auf neue Seelen und Kinderknie geklebt worden sein. Und dann werdet auch hier diese Erde verlassen und alle Nöte hinter euch lassen. Bis dahin freue ich mich auf euch. Ich möchte noch erwähnen, dass ich prinzipiell keine Selbsttötungen unterstütze und euch keinesfalls dazu ermuntern möchte. Es ist nur in Ausnahmen erlaubt, wenn es nun mal nötig ist. Deswegen verzeiht mir bitte, dass ich mir dieses Recht zugestehe. Ich habe mir von oben eine Sondergenehmigung eingeholt. Euer euch zutiefst liebender Sohn, Bruder und Freund.